《吴越文脉传承工程》系列项目

金山竹枝词

胜迹篇

上海市金山区图书馆 编

上海书店出版社
SHANGHAI BOOKSTORE PUBLISHING HOUSE

《金山竹枝词·胜迹篇》编委会

前　言

　　中唐诗人刘禹锡在参与王叔文的政治革新失败后，牵连坐罪，迭遭贬谪，当其贬官任夔州刺史之时，除了流连于三峡雄奇险秀的山水之间，同时也对巴渝地区活泼清新的民间歌谣情有独钟，多所采撷。其显例就是根据当地民歌的风格改制新词，用七言绝句的体裁和民歌谣谚的辞藻完美结合，自创了一种全新的诗歌样式——竹枝词。刘禹锡所作竹枝词迄今尚存 11 首，内容多赋咏三峡风光和男女恋情，语言通俗明畅，音调轻快悠扬，将诗意和民风熔于一炉，词浅意深，语平情浓，给人以耳目一新之感，令文人雅士和贩夫走卒俱为之心折，传诵不衰。竹枝词自刘禹锡创体以来，脍炙人口，流传广泛，后世文人多有仿作，踵事增华，作品山积。随着时代推移，其内容亦有极大的突破，从地域风光、男女恋情拓展到物产美食、劳动场景、经济生活、民间习俗等领域，生活气息更臻浓烈，纪实特点愈加彰显，从而成为研究地方风土民情的第一手资料。由于竹枝词厚植于民间土壤，以劳动人民喜闻乐见的事物作为描写客体，且具有易诵易记的特点，因而其"人民性"和群众基础无疑远胜于士大夫阶层才能欣赏的古典诗词，这也是它葆有持久生命力的主要原因。

　　金山地处海滨，古称雄州，田土膏腴而水网纵横，此地风光旖旎，蜚声四海；物产丰饶，甲于一方。兼之风俗淳厚，人民聪勤，凡此种种，无不成为历代文人竹枝词创作的不竭源泉。自元末流寓来金的诗人杨维桢所作《海乡竹枝歌》《云间竹枝词》发为首唱，明人顾玑《金山杂咏》赓续韵事，清人则有程超《朱溪竹枝词》、王丕曾《留溪杂咏》、顾文焕《亭林竹枝词》、吴大复《秦山竹枝词》、沈蓉城《枫溪竹枝词》、曹炆《干巷竹枝词》等各擅胜场；到了民国年间，南社名贤高燮尚作有《乡土杂咏》70首，犹如余晖残霭，仍照一方。上述竹枝词作品量多质精，总数近2 000首，业已成为金山优秀传统文化、乡土文化宝库中的珍品。

金山竹枝词第一个显著的特点，乃是继承了《诗经·豳风·七月》反映黎民百姓生产劳动之艰辛的优良传统。"潮来潮去白洋沙，白洋女儿把锄耙。苦海熬干是何日？免得侬来耙雪沙"（元·杨维桢《海乡竹枝歌》）、"量盛海水十分煎，老幼提携向市廛。最苦疲癃霜雪里，一筐值得多少钱"（清·王丕曾《留溪竹枝词》），此二首竹枝词皆描述金山盐民生活，并寄予悲悯恻怛之情。前一首中"雪沙"即白盐之譬喻，透过盐场女儿切盼"苦海熬干"的心声，曲折表现出制盐生涯的苦楚，意境与北宋词人柳永赋咏盐民生活的名作《煮海歌》颇相仿佛；后一首生动呈现盐民结队于隆冬奇寒中售盐而获值低廉的场景，读之令人酸鼻不已，氛围描写方面则与白居易新乐府诗《卖炭翁》同一机杼。金山先民濒水而生，农作之余兼事捕捞，竹枝词中也有生动的反映。"南湖两岸列渔矶，渔兄渔弟静夜依。捞得鱼蟹携满篓，商量入市待朝晞"（清·时光弼《张溪竹枝词》）。旧时张堰张泾河段渔人赍夜捕捞并争赶早市的情景历历如绘，笔致疏宕，中含情韵。"泖蟹相看似蛛蛛，产由急水异汾湖。三更竹箅篝灯守，几处鱼罾草舍俱"（清·沈蓉城《枫溪竹枝词》）。此首描绘枫泾水产泖蟹和捕蟹人彻夜劳作的场面，真切动人。 明清之际，金山纺织业极称兴盛，各家竹枝词也多有涉笔。"春潮覆草半江青，长水分涂客未经。 少理蚕丝多织布，百家烟火傍朱泾"（清·陆宝《朱泾竹枝词》）、"我乡布利洵堪夸，不道连年雨烂花。 布贱花昂咸折本，家家纺织尽停车"（清·白泾野老《俭岁竹枝词》）。前一首写舟泊朱泾亲见布业带来的市井繁荣，刻画工细，宛然一幅《清明上河图》；后一首作于灾年，有感于霪雨烂棉，万家罢纺，一派萧条景象，令人喟叹不已。

歌咏风光物产自然也是金山竹枝词的一大主题。"十里山塘水色鲜，菱花开处藕花连。 轻舟荡入波心里，只少吴娃唱《采莲》"（清·吴大复《秦山竹枝词》）。 旧日秦山下山塘河的水色花影在文人笔下得到多彩的优美体现，写景空灵清远，令人为之神驰。"青帘不挂酒家胡，白舫何人更泛湖？ 千顷湖光春涨绿，元人诗笔宋人图"（清·顾文焕《亭林竹枝词》）。 此首则细摹亭林湖春日的景致，如图设色，风神摇曳。"绿波红树得秋多，指点天空一鸟过。 我向溪南看落日，湾头毕竟最嵯峨"（近代·高燮《乡土杂咏》）。 此首描摹朱泾市南落照湾风光，笔调明净秀润，纯用白描，似俗实雅，体现出上流社会文人流连光景、吟赏烟霞的雅致。 物产方面，则以写水产的为多。"风翻白漾卷菰蒲，叶尽桑园噪冷乌。 思向钓钩浜口去，教郎网捉四腮鲈"（清·沈蓉城《枫溪竹枝词》）。 从句末可知，以产于松江秀野桥著称的名鱼"四腮鲈"，在昔日的枫泾钓钩浜亦曾常有。"渔家惯住野塘前，开到菱花便棹船。 钓得竿头乌背鲫，小仙也说是神仙"（清·程兼善《枫溪棹歌》）。 诗中渔人因钓到野生鲫鱼"乌背鲫"的忭跃之情跃然纸上，饶有兴味。

此外，金山竹枝词中涉及地方风俗和男女恋情的篇章也是指不胜屈。"野畦春暖日迟迟，秦望山头景物滋。 田妇村童都结伴，桃花看到菜花时"（清·时光弼《张溪竹枝词》）。 昔时张堰风俗，每年三月初一、十五为里人游秦山赶集之期，此首竹枝词句妍韵美，以淡雅疏隽的笔触记录了阳春之时秦山集市游人辐辏的盛况。 另外，节庆风俗也是竹枝词里的重要题材。"元宵宴乐兴偏酣，望秀浜东庙港南。 爆竹连声锣鼓闹，高烧柴火庆田蚕"（清·沈蓉城《枫溪竹枝词》）。 此首声色俱足地描绘正月十五枫泾百姓欢度元宵佳节的勃勃兴致，末句兼及江南农村是日以火占卜丰歉的祈年民俗——"烧田蚕"，情调欢愉。 至于男女恋情之作，金山竹枝词上承刘禹锡竹枝诸作的神髓，吐属风趣，坦白深挚。"水连南汇近新街，小艇藏娇一字排。 日暮盼郎郎不至，沿堤蹴损凤头鞋"（清·时光弼《张溪竹枝词》）、"莲花泾里月生光，菱荡湾中风送凉。 妾唱莲歌郎唱曲，采菱何似采莲香"（清·沈蓉城《枫溪竹枝词》）。 第一首以女子口吻写自己于江边伫候情郎的焦灼情态，形象传神，颇耐咀味。 第二首韵淡思幽，始则描写枫泾莲花泾、菱荡湾的幽谧景致，继则衬以一对情侣采莲撷菱并互对情歌的动人情景，欢快而热烈，颇能拨动读者的心弦。

竹枝词从民歌体裁演变为文人诗歌，充分证明了其具有历久不衰的艺术魅力，当然，这种诗歌的作者群体还是以中下层文人为主，观念正统而地位尊崇的诗人词家往往不屑为之。 金山竹枝词的作者也多为"落拓江湖载酒行"或"躬亲稼穑"的布衣诗人，但他们的作品放笔直书，俗不伤雅，在浓郁的泥土气息中饱含对桑梓风物的挚爱之情，交织出一幅幅色彩斑斓的海乡风情图，诵读之余，令人不能不击节赞赏。这些俚又见雅的竹枝词作品，从价值定位而论，既是古典诗歌遗产，也是农耕文化遗产。

在当前党和国家大力实施乡村振兴战略的背景下，如何立足乡村文明，传承发展提升乡村优秀传统文化，已成为一个重要命题。上述金山竹枝词中蕴含着大量的乡土文化符号，综合反映出昔时金山的乡貌乡风乡俗，无疑是本土乡村优秀传统文化的杰出代表。有鉴于此，我们秉持"文旅融合"的全新理念，精心选编了本套"金山竹枝词"特色图书，根据作品的描述主体及相关内容，分为"胜迹篇""风俗篇""风物篇"三种，每种一册，每册收录竹枝词作品 150 首左右，逐年推出，以呈现昔日金山的名胜古迹、民俗节俗、土特名产等生动的乡村文化要素，使广大读者及青少年领略传统，记住"乡愁"。为打通阅读障碍，阐发诗意内涵，书中所选竹枝词作品除正文之外，并附以专业的题解说明、注释、今译，另外，也酌配部分图片，通过这种普及与提高相结合的形式，相信会提升本书的阅读趣味。我们希望，本书的编选和出版，能够为乡村振兴战略的文化篇章生色，并为推进江南文化研究、打响金山"上海湾区"城市品牌作出公共图书馆应有的贡献。

《金山竹枝词》编委会

2021 年 9 月 16 日

目 录

3

城池村墟类

卫城

（清）陈金浩

兵戍孤城第一关^①，口衔大海面金山^②。
屯田军已归民籍^③，散秩何须卫尉闲^④。

作者原注

卫城为防海要冲，向以参将驻守。今设县治，卫所军籍已少，近议裁卫经历。

说明

此首咏金山卫城。明洪武十九年（1386）明廷在此筑城，建卫所，清雍乾间为县治所。今存城垣遗址，在金卫镇境内。

注释

① 戍（shù）：守卫。孤城：指金山卫城。

② 金山：指大金山岛和小金山岛。

③ 屯田：汉以后历代政府利用兵士在驻扎的地区一面驻守，一面垦殖荒地，这种措施称为"屯田"。民籍：普通的老百姓身份。

④ 散秩：闲散而无一定职守的官职。唐白居易《昨日复今辰》诗："散秩优游老，闲居净洁贫。"

今译

重兵把守的金山卫城，曾是海边第一雄关。它面向大海，远眺海岛。如今守城的军士都已解甲归田，守关的将领整日无事，自在悠闲。

（倪春军 注译）

金山卫城遗址

桃源巷

（清）陈祁

烟树苍茫古渡头，何人打柴棹扁舟。
阿侬家住桃源巷^①，片片飞花逐水流。

作者原注

桃源巷，地名。

说明

此首借樵夫问答，写桃源巷风景，亲切自然。

注释

① 阿侬：枫泾土语，指"我"。

今译

在一片烟水迷蒙的树林古渡，有一位樵夫正驾着小船归来。他说他家就住在不远的桃源巷里，只见片片桃花随着流水而去。

（倪春军 注译）

璜溪（其一）

（清）陈金浩

璜溪水浅夜无光，海上何人复钓璜。
龙纽瑞符应佐命^①，太公未许老戎行^②。

作者原注

吕巷有璜溪，相传太公钓璜处。雍正初，元提督高公其位，得上海一玉，贡于朝。

璜溪风貌

说明

吕巷，原名璜溪，传说姜太公曾于此垂钓得玉璜，故名。此首借高公得玉之今事，咏太公垂钓之古事。

注释

① 纽：古代的印纽，指古代玺印上端用以穿孔的鼻纽。因印章的鼻纽雕成龙形，故名龙纽。这里指雍正初年提督高其卫所得之玉。瑞符：吉祥的瑞兆或符应。

② 太公：指姜太公吕尚。戎行：军队，行伍。

今译

夜晚的璜溪水流清浅，漆黑一片。时光荏苒，如今还有谁独自在溪边垂钓？龙纽和瑞兆在此出现，预示着一定能辅佐帝王建功立业。就像姜太公那样，至死都要效力戎行。

（倪春军　注译）

璜溪（其二）

（清）黄霆

绿柳低垂映碧窗，渔船半系板桥桩。
多情最是璜溪月，直送春流到浙江①。

作者原注

璜溪即吕巷，地连浙江，上有璜溪桥，颇雄壮。元杨廉夫、袁海叟辈并尝寓居。

说明

此首咏璜溪渔家生活。

注释

① 浙江：即钱塘江，又名之江，与璜溪相通。

璜溪岸边

嫩绿的柳条低垂在船舱之外，打鱼的小船停靠在木桥桩边。璜溪夜空中那一抹多情的月儿，随着船儿缓缓流到了之江。

（倪春军　注译）

枫溪（其一）

（清）陈祁

十里人家一水通，平桥画阁岸西东①。
竹枝低唱清风引②，半在迷离烟树中。

作者原注

风泾镇旧名清风泾，亦曰清风里，又曰枫溪，周围十里，一水中通，东西两岸，民居稠密。

说明

此首咏枫泾河桥及民歌曲调，清新自然。

注释

① 平桥：桥面平直的桥。画阁：彩绘华丽的楼阁。
② 竹枝：指《竹枝词》。

今译

纵横的河道联结着十里人家，小桥楼阁分布在河流两岸。清风阵阵，传来悦耳的竹枝歌声，仿佛置身在云烟缭绕的绿树丛林。

（倪春军　注译）

枫溪新貌

枫溪（其二）

（清）程兼善

楼阁千家半傍河^①，露台风月晚来多。

阿侬旧住枫溪曲，爱向烟波唱棹歌^②。

作者原注

枫溪旧名白牛村，宋时为陈舜俞隐居之地，后人仰其清风，更号清风泾，今名枫泾。南治嘉善，北治娄县，枫溪其别称也。

说明

此首介绍金山枫泾秀美风光与水乡风情。

注释

① 傍河：临近、靠近河流。

② 棹歌：行船时所唱之歌。汉武帝《秋风辞》："箫鼓鸣兮发棹歌，欢乐极兮哀情多。"清魏源《武夷九曲诗》："尚讶棹歌闻，那有市声起。"

今译

千万家的楼阁依傍着河流，夜幕降临露台上风光无限。我曾经住在枫溪的河湾，最爱在烟波之中唱几曲渔歌。

（高文斌　注译）

枫溪（其三）

（清）程兼善

小市鱼盐聚海艘^①，沿溪墙影比楼高^②。

衣冠文物当年盛，乡曲由来意气豪^③。

11

作者原注

郡人金景西《枫溪》诗云："衣冠文物声名霭，舟楫鱼盐利泽通。"

说明

此首介绍枫泾地方的特色与民俗风情。

注释

① 海艘：海船。

② 樯影：船桅杆的影子。

③ 乡曲（qū）：远离城市的偏僻地方。

今译

小镇上的鱼盐都汇聚在海船上，靠着河边的桅杆比市楼还高。想当年这里物华天宝而且人杰地灵，虽是远离大城的小邑但还是令乡人自豪。

（高文斌 注译）

潜凤坊

（清）程兼善

鱼虾上市最喧阗[①]，酒肆茶寮到晚开[②]。
却怪坊名犹唤凤，尘中不见凤凰来[③]。

作者原注

溪北有潜凤坊，相传曾有凤凰来集，故名。

说明

此首写枫泾潜凤坊早晚市集的热闹场景，兼寄期盼祥瑞之意，似有怨刺。

注释

① 喧豗（xuān huī）：轰响。李白《蜀道难》诗云"飞湍瀑流争喧豗"。

② 寮，小屋。

③ 尘中不见凤凰来：凤凰亦作"凤皇"，古代传说中的百鸟之王。雄的叫"凤"，雌的叫"凰"，总称凤凰，也称作丹鸟、火鸟等。凤凰齐飞，是吉祥和谐的象征，自古就是中国文化的重要元素。

今译

一大早鱼虾上市喧闹无比，到了晚上酒馆茶室也都纷纷开张。奇怪的是这坊名字里还有个"凤"字，漫漫红尘中却不见凤凰翩翩来栖。

（张锦华 注译）

槐树头

（清）陈祁

隆昌桥堍绿槐浓①，花树楼台叠几重。
莫恨望中山色少②，暮云到处幻奇峰。

作者原注

隆昌桥堍有古槐，不知岁月，一名槐树头。

说明

此首咏枫泾古槐树，并借物抒情。

注释

① 隆昌桥：本名务前桥，在包家桥北，元设白牛务于此。堍（tù）：桥两头靠近平地的地方。

② 望中：视野之中。

今译

隆昌桥下的古槐枝繁叶茂，周围是重叠的树木和楼台。古槐树啊，你不要怨恨这里没有山水自然，天边云外就是层峦叠嶂。

（倪春军 注译）

杏花村

（清）程兼善

别业琴书堕劫灰①，杏花村巷遍蒿莱②。

最怜春鸟年年唤，无复提壶访戴来③。

作者原注

杏花村，俗名"庄基村"，在溪南，元戴光远别墅，今废。国初顾戡宜诗："风扬青帘日未晡，前村有鸟唤提壶。杏花零落春深处，好把瑶琴一醉沽。"

说明

此诗介绍枫泾杏花村戴光远别墅的荒凉景象，感喟遥深。

注释

① 劫灰：劫火的余灰。

② 蒿莱：野草、杂草。唐岑参《送杜佐下第归陆浑别业》诗："还须及秋赋，莫即隐蒿莱。"

③ 访戴：汉语典故，典出《世说新语·任诞》，记述名士王徽之雪夜乘兴访友戴逵之事，后用作访友的习见典故。

今译

别墅连同书与琴都变成了废墟，曾经的杏花村巷遍是杂草。每到春来鸟儿的一声声鸣叫也堪怜，已无提着酒壶访问戴家高士的盛况了。

（高文斌 注译）

陆庄（其一）

（清）陈祁

西望烟云绕陆庄，宣公祠宇半荒凉①。
秋风萧瑟松楸老②，世泽犹留不负堂③。

作者原注

陆庄在里西，有唐陆宣公祠，公子孙咸以"不负"名堂。

说明

此首介绍枫泾名宅陆庄现状，托物言志。

注释

① 宣公：指唐宰相陆贽（754—805），字敬舆，谥宣，枫泾人。

② 松楸：松树与楸树。墓地多植，因以代称坟墓。

③ 世泽：祖先的遗泽。不负堂：陆贽《唐陆宣公集》，有明不负堂刻本。

今译

小镇西边烟云缭绕，正是陆庄旧址。宣公的祠堂荒凉冷落，萧瑟的秋风阵阵吹来。虽然墓前的树木已见苍老，但是祖先的遗泽却能百代流芳。

（倪春军 注译）

陆庄（其二）

（清）程兼善

陆氏庄荒景已殊，新词谁更唱倪迂^①。
春秋犹有人瞻拜，野老分尝一脔无^②。

作者原注

陆庄在溪南，唐宰相陆宣公故里，宋迪功郎陆瑀建祠，春秋二祭载入祀典，元倪高士瓒有《过陆庄港》词。

说明

此首介绍唐代宰相陆贽故里陆庄。

注释

① 倪迂：元代画家倪瓒（1301—1374），别字元镇，自称"懒瓒"，号云林子，亦号"倪迂"，与黄公望、王蒙、吴镇合称"元四家"。

② 脔（luán）：切成块状的肉，此处指祭祀时供神的胙肉。

今译

陆氏庄园一片荒芜景色都变了，谁还会吟唱倪瓒当年所作的韵语。春祭秋祭时还有人到这瞻仰，村夫野老能分到一块胙肉吗？

（高文斌 注译）

白牛村（其一） 在娄枫泾，宋陈都官舜俞居此，号白牛居士

（清）汪巽东

秀州西去白牛塘^①，文物依然盛此乡。
堪叹熙宁老居士^②，曾缘一疏贬南康。

宋元时期枫泾(白牛市)镇示意图

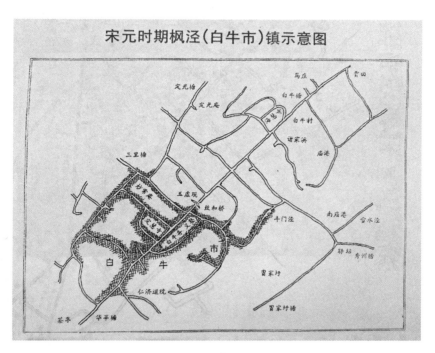

宋元时期白牛村示意图

说明

此首介绍金山枫泾历史上的白牛村与隐士陈舜俞。

注释

① 白牛塘：位于金山西部的枫泾一带，古时原为狭长湖荡，后淤塞成河道。

② 老居士：即宋朝人陈舜俞。陈舜俞（1026—1076），字令举，号白牛居士，居秀州（今嘉兴）白牛村（今枫泾）。北宋庆历六年（1046）登乙科进士，嘉祐四年（1059）获制科第一。北宋著名诗人，与欧阳修、苏东坡、司马光等交往甚密。在山阴县任知县时反对王安石青苗法，认为这是别为一赋以敝海内，非王道之举。上书后，被贬谪监南康军盐酒税，隐居白牛村著书立说，病逝于白牛村。著有《都官集》《应制策论》《庐山纪略》，参与《资治通鉴》编纂。

今译

嘉兴西去就是白牛塘一带，这里人杰地灵、文物璀璨。感叹宋朝白牛居士陈舜俞，他曾被贬为南康军盐酒税官员。

（高文斌 注译）

白牛村（其二）

（清）沈蓉城

庐山尝跨白牛游①，居士高风此地留。

今日野塘惟白浪，村人来往尚呼牛②。

作者原注

白牛村在北栅外，宋陈舜俞隐居处，自号白牛居士，因名白牛村，元易为镇，曰枫泾，即今市也。按，舜俞乘牛事在庐山，李龙眠绘图，朱元晦作跋。或谓舜俞尝与刘凝之乘白牛往还塘上，塘故亦名白牛。

说明

此首赞美北宋时隐居枫泾的白牛居士陈舜俞，兼涉枫泾旧称白牛村的来历，笔致洒脱。

注释

① 庐山：指江西九江的名山庐山。熙宁三年（1070），陈舜俞上疏对王安石新政提出异议，被贬谪，监南康盐酒税，到江西任职，曾骑牛周游庐山，意态洒脱，故云："庐山尝跨白牛游。"

② 村人来往尚呼牛：为了缅怀白牛居士陈舜俞的高风亮节，其在枫泾隐居的地方至今被称为白牛村。

今译

陈舜俞当日在庐山跨犊遨游，晚年隐居枫泾高风亮节长留。如今古塘荒凉只剩滚滚浪花，但村民仍把这地方唤作白牛。

（姚金龙 注译）

三元浜（其一）

（清）陈祁

小桥杨柳水潺湲①，喜得三元住此间②。
怪底名场来往客③，逢人只问蒢塘湾。

作者原注

蒢塘湾，地名。康熙己卯解元李鹤君先生永祺，戊戌会元杨质为先生尔德，今丁丑会状蔡兰圃先生以台，皆居于此，人有"三元浜"之目。

说明

此首介绍三元浜来历及周边风景。

注释

① 潺湲（yuán）：水流缓慢的样子。

② 三元：指解元李永祺、会元杨尔德、会状连元蔡以台。《（光绪）重修嘉善县志》："李永祺，字鹤君，嘉生孙。幼颖悟，受业舅氏陈鈛。……康熙三十八年举省元，三上公交车，不售。赍志而卒。著有《河干诗草》。""杨尔德，字质为，禀承家学，艺林推重。康熙五十七年中会元，授编修。""蔡以台，字季实，号兰圃，由副贡生考，补景山教习。期满，以知县用。乾隆二十二年冠南宫，廷试卷居次，御览拔置第一，授修撰。"

③ 怪底：难怪。

今译

薜塘湾畔，小桥流水，杨柳依依，本朝的"三元"先后在此居住。难怪名利场中的过往行人，逢人便要打听"三元浜"在哪里？

(倪春军 注译)

三元浜（其二）

（清）程兼善

毓秀祠边鸟雀喧，当年曾说住三元。
至今十丈湫潭底①，时有闲人见巨鼋②。

说明

此首写枫泾三元浜传说旧事，有伤逝意。

注释

① 湫潭：即水池，水潭。

② 巨鼋（yuán）：大鳖，头有磊块，俗称癞头鼋。

今译

毓秀祠边鸟雀叽喳喧闹不停，据说这是当年三元所居之地。至今在深可十丈的水潭底下，还有闲人看到巨鳖浮游。

（张锦华　注译）

高阳村

（清）陈祁

鱼虾樱笋足庖厨①，欲饮愁看月影孤。
试向高阳村里问，近来还有酒徒无②。

作者原注

高阳村，地名。

说明

此首写高阳村中的日常生活，表达孤独寂寞之情。

注释

① 樱笋：樱桃和春笋。唐陆龟蒙《奉和袭美所居首夏水木尤清适然有作次韵》："亦以鱼虾供熟鹭，近缘樱笋识邻翁。"庖厨：厨房。

② 酒徒：嗜酒的人，这里指酒友。

今译

乡间的蔬果和鱼虾，足够做出一顿美味佳肴。正要举起酒杯，却感到一阵寂寞和孤独。请问高阳村里的乡亲们，这里有没有像我一样嗜酒如命的酒伴？

（倪春军　注译）

南杨村、北杨村

（清）陈祁

垂杨村北又村南，小女闺中惯养蚕。
陌上捉笼勤采叶①，渔场宵梦不曾谙②。

作者原注

里有南杨村、北杨村。

说明

此首写南杨村、北杨村中百姓的日常劳作。

注释

① 捉笼：编织笼子。

② 谙（ān）：熟悉，精通。

今译

村北村南都是一树树垂杨，小女孩在家里习惯了养蚕。她正在乡间小路上编织笼子，摘取桑叶，不知道打鱼人家的夜里生活。

（倪春军 注译）

康王城（其一） <small>在海滨，南接金山，周康王东巡时筑</small>

（清）汪巽东

黄鱼淡水拥沙船①，曾见天差下乍川②。
今日搜山无一卒，康王城外草连天。

作者原注

金山东南淡水门，为沙船捕黄鱼所，明尝资以御倭。徐海自号

"天差平海大将军"。明初，武臣岁入山巡逻海寇，谓之"搜山"。

说明

此首咏康王城历史及昔日倭患，结句含有余情。

注释

① 沙船：在河海中运货或捕鱼的大型平底木帆船。

② 天差：指徐海（？—1556），明徽州（今安徽歙县）人。曾为杭州虎跑寺僧，号明山和尚。后随叔父徐碧溪投汪直，称"天差平海大将军"，引倭寇扰东南沿海。乍川：乍浦，与金山相邻。

今译

捕鱼的大船在海上航行，这里曾经是徐海起事的地方。如今海上已搜不到一兵一卒，只看见康王城外芳草连天。

（倪春军 注译）

康王城（其二）

（近代）高燮

康王东游来筑城①，城接金山两岸平。
海水而今莽空阔②，周公墩上起潮声。

作者原注

《枢要》云：周康王东游筑城，南接金山，名曰金山城。去城十里许，当潮势奔猛处，有周公墩。相传昔时城与山接，今则相距几数十里矣。

说明

此首介绍传说中的金山古城堡康王城。

注释

① 康王东游来筑城：相传西周时期，周康王姬钊曾巡视东南，登

金山黄花山观景，见黄花山的地势十分险要，临别时，下令在山下筑起一座城堡，名东京城。为报答周康王，宁海国王将黄花山更名为钊山，改卧龙江为青龙江。姬钊驾崩后，其子进父号为康王，东京城也随之改称为康城。据史料记载，康城的具体位置正是在钊山北部（今大金山岛）、北山峰（今小金山岛）西侧的一片河谷平地上。公元前506年，康城归吴国，伍子胥奉命重修康城。秦始皇统一中国后，设置海盐县，康城归海盐县管辖。唐天宝十一载（752）置康城兵马府于东京。

② 莽空阔：这里指后来的海岸与金山之间没有陆地，只有海水，因此没有阻碍视线的东西，一派辽阔。

今译

周康王东游到这里建了城堡，这座城堡连接着金山两岸气势开阔。如今这海水滔天浩浩荡荡，只看到潮水日夜冲击着周公墩。

（姚金龙 注译）

羊肠河滩

（清）程兼善

滩转羊肠境绝尘，门前古树几经春。
劝郎漫把《燕都》读，献赋须为第一人①。

作者原注

羊肠河滩，溪南地名，其后即假山园，地多古树。元顾学博深入京献《燕都赋》，不遂其志，乾隆辛未南巡召试，谢少宰墉献诗赋，钦取第一。

说明

此首写枫泾羊肠河滩清绝景致，兼寄劝勉后学之意。

① 献赋：汉代司马相如、扬雄向皇帝献赋，受到赏识。后用作文人自荐受到皇帝赏识的典故。

今译

羊肠河滩蜿蜒屈曲景致清绝，门前古树阴翳历经多少春秋。劝郎君莫要再读那《燕都赋》，献赋求仕须有争第一的才华。

（张锦华 注译）

梨园泾

（清）程兼善

新涨三篙泛远汀①，郎舟那肯故乡停②。
梨花开后才回里，不待梅园结子青。

作者原注

溪西有梨园泾，昔有邹姓教优伶于此，故俗呼"邹官人埭"。梅园里，溪南地名。

说明

此首写枫泾梨园泾春日人事，兼抒故园情怀。

注释

① 汀：水边平地，小洲。

② 郎舟：情郎乘坐的船只。明葛一龙《别曲》有"郎舟好载青山去，免使蛾眉相对愁"之句。

今译

梨园泾水涨三篙恰可泛舟远汀，郎志在千里哪里肯在故乡停船？只有在梨花盛开后才回归故里，不等梅园结满青青梅子又要远行。

（张锦华 注译）

菖蒲泾

（清）程兼善

菖蒲泾口野花红，一片风帆落照中。
可忆尚书归去日^①，飘萧白发寄孤篷^②。

作者原注

菖蒲泾在溪东南，元贡尚书师泰《风泾舟中》诗有"白发飘萧寄
短篷"句。

说明

此首写枫泾菖蒲泾落照美景。句末有怀人伤逝之意。

注释

① 尚书：指元户部尚书贡师泰。贡师泰（1298—1362），字泰甫，
号玩斋，宣城（今安徽宣城）人。元代著名散文家，元泰定四年
（1327）进士。曾任江浙行省参知政事、吏部侍郎、兵部侍郎，官至礼
部尚书、户部尚书。

② 孤篷：指孤舟。唐皮日休《鲁望以轮钩相示缅怀高致因作》诗
之三有"孤篷半夜无余事，应被严滩聒酒醒"句。宋范成大《过松
江》诗有"去年匹马兀春寒，今此孤篷窘秋热"句。

今译

菖蒲泾河口野花绯红胜火，落日余晖中只见一片风帆。还记得当
年贡师泰尚书归去时，白发稀疏寄寓在孤舟之中。

（张锦华 注译）

紫石街、鸳鸯村

（清）程兼善

紫石街西地可锄，双栖双宿足园蔬^①。

26

白盐赤米呼僮买，不羡鸳鸯村里居。

作者原注

紫石街，溪西地名。鸳鸯村在溪南。

说明

此首写枫泾紫石街、鸳鸯村简朴丰足的田园生活，有返朴归真意。

注释

① 园蔬：园子里的蔬菜。宋王安石有《园蔬》绝句："园蔬小摘嫩还抽，畦稻新春滑欲流。枕簟不移随处有，饱餐甘寝更无求。"

今译

紫石街西面的土地可以除草耕耘，双双隐居园中的菜蔬多么丰足啊。白盐和红米叫僮仆去集市上买，不羡慕人家在鸳鸯村里面居住。

（张锦华 注译）

弦歌坊

（清）程兼善
弦歌宛转一条街①，楼阁如鳞户似蜗②。
市小原非城郭比，卖鱼多半是村娃。

作者原注

弦歌坊，溪南里名。

说明

此首写枫泾南里弦歌坊风物人情，语颇俚俗。

注释

① 弦歌宛转：有依琴瑟而咏歌之意，亦指礼乐教化之意。另谐音

"旋歌"，即凯旋之歌，以之名里弄，似皆相宜。

②楼阁如鳞户似蜗：极言弦歌坊建筑鳞次栉比，门户密度高而面积小。

今译

弦歌坊曲折迤逦就一条街坊，楼阁鳞次门户栉比狭如蜗舍。小小的集市哪能和城市比，摆摊卖鱼的多半是村里娃。

（张锦华　注译）

杏花坊

（清）程兼善

数声渔唱起汀洲^①，一样西风两样秋。
妾住杏花坊里屋，郎登莲叶渡边舟。

作者原注

杏花坊。溪南里名。莲叶泾渡在溪西。

说明

此首写枫泾杏花坊风物人情，有代妇怨嗔之意。

注释

① 汀洲：水中小洲，为沙土积成的小平地。北周庾信《哀江南赋》有"就汀洲之杜若，待芦苇之单衣"句。唐刘长卿《饯别王十一南游》有"谁见汀洲上，相思愁白苹"句。

今译

几声悠扬渔歌从水中小洲传来，一样的西风劲吹却是两样秋意。我住在杏花坊里的屋中思念你，你却登上莲叶渡边的小船要远行。

（张锦华　注译）

马庄

（清）程兼善
马庄西去有鱼矶^①，秋老河中紫蚬肥^②。
赢得渔郎常水宿，朝朝风露满蓑衣^③。

作者原注

马庄在溪北，产蚬皆紫壳，味胜他处。

说明

此首写枫泾马庄风物人事，颇具莼鲈之思。

注释

① 鱼矶：可供垂钓的水边岩石。

② 紫蚬（xiǎn）：淡水软体动物，贝壳呈心形，肉味鲜美可食，中国南北均产。

③ 风露：风和露气。《韩非子·解老》："时雨降集，旷野闲静，而以昏晨犯山川，则风露之爪角害之。"唐王昌龄《东溪玩月》诗："光连虚象白，气与风露寒。"

今译

从马庄往西去有一处钓鱼矶，深秋时节河里的紫蚬正肥美。引得打鱼郎常常夜宿在水边，每天蓑衣上都沾满了风和露。

（张锦华 注译）

雪水泾

（清）程兼善
东来雪水浅环泾^①，晚稻收时麦渐青^②。
夜半呕哑摇橹去^③，钓滩渔火淡如星。

作者原注

雪水泾在溪东。

说明

此首介绍枫泾雪水泾，风格淡雅。

注释

① 东来雪水：指雪水泾，又名七仙泾，俗称三秀塘，南接秀洲塘，水质良好。位于今枫泾铁路立交桥下，其水流由东北向西一直通往浙江嘉善县惠民镇以西。

② 晚稻：当时的枫泾嘉善地区，每年种植双季稻。晚稻收割时，边收稻边播种麦子。

③ 呕哑：舟车声。唐李咸用《江行》："潇湘无事后，征棹复呕哑。"

今译

从东边流来的雪水泾清浅环流，晚稻成熟收割时麦苗渐渐青了。半夜里渔民摇着木船捕鱼去，到了钓滩唯见星星渔火。

（姚金龙 注译）

鸭头溇

（清）程兼善

乌桕凌霜绚似枫①，催租船小任西东②。
鸭头鹤脚行来惯③，断港乘潮处处通。

作者原注

鸭头溇在溪东，鹤脚溇在溪西，俱村名。

说明

此首介绍枫泾鸭头溇、鹤脚溇二村风土，兼及当时官府催租的情景。

注释

①乌桕：落叶乔木，属色叶树种，春秋季叶色红艳夺目，不下丹枫。

②催租：指官吏向佃户催缴地租。

③鸭头：鸭头溇，枫泾镇东的一个自然村，今已整体拆迁。鹤脚：鹤脚溇，枫泾镇东的一个自然村，位于鸭头溇的西边。今已整体拆迁。

今译

乌桕叶冒着寒霜如同枫叶般绚丽，催租的小船任意朝西朝东，鸭头溇鹤脚溇都已来惯，曲港涨潮便可四通八达了。

（姚金龙 注译）

草鞋墩

（近代）高燮

钱王遗迹草鞋墩①，浩气英风尚有存②。
土阜千秋名不灭③，一墩永镇此荒村④。

作者原注

草鞋墩在五保方二三图，相传为吴越王钱镠遗址。

说明

此首介绍吴越王钱镠遗迹草鞋墩，浩气英风，跃然纸上。

注释

①钱王：钱镠（852—932），字具美（一作巨美），小字婆留，杭州临安（今浙江省杭州市临安区）人。唐代吴越王，时在两浙被称为"海龙王"。

② 浩气英风：刚直不屈的气节，英勇豪迈的气概。

③ 土阜（fù）：土山，土丘。

④ 镇：这里是安定、护佑的意思。

今译

相传这就是钱王曾经住过的草鞋墩，正气雄风依然留存。小土丘千秋享名不会泯灭，它会永远护佑这个荒村。

（姚金龙 注译）

稻场泾

（清）倪式璐

布谷啼时布种忙①，韵听鹂鹒麦已黄②。

鸿雁一来香稻熟，稻场泾上稻登场③。

作者原注

韩诗："麦黄韵鹂鹒。"稻场泾在里之南。

说明

此首描述干巷稻场泾农人春季播种和秋季收稻的场景，形象生动。

注释

① 布谷：杜鹃鸟的别名，分布于中国、印度、尼泊尔、缅甸、泰国等地区，常栖息山地、丘陵和平原地带的森林中，性孤独，常单独活动。布种：指播撒种子，栽种秧苗。

② 鹂鹒（lí gēng）：黄莺的别名。

③ 登场：指谷物成熟，收割后运到打谷场上翻晒或碾轧。

今译

布谷鸟啼叫播种繁忙，黄莺婉转的鸣叫声中麦子黄了。鸿雁飞来的时候稻子开始成熟，只见稻场泾上堆满了成熟的稻子。

（姚金龙 注译）

留溪

（清）王丕曾

迤逦东南大道迂^①，却看草里暗藏珠。
长虹跨水环西北^②，第宅鳞鳞气象腴^③。

作者原注

第二句形象，谓张堰镇乃草里藏珠。

说明

此首介绍浦南重镇张堰的地理优势及繁华景象，气势雄恢。

注释

① 迤逦（yǐ lǐ）：曲折连绵貌。宋柳永《凤栖梧》词之三："玉树琼枝，迤逦相偎傍。"

② 长虹：指板桥，大拱如彩虹。

③ 第宅：宅第，住宅。旧指上层人物的住宅。唐杜甫《秋兴》诗之四："王侯第宅皆新主，文武衣冠异昔时。"元傅若金《登楼》诗："近见萧何成第宅，旧闻汲黯在朝廷。"鳞鳞：形容多得像鱼鳞。清奚俪《过马关》诗："一撮马关开海市，鳞鳞楼阁出青苍。"气象：气派与景象。

今译

曲折连绵的大道通衢自东南蜿蜒而来，张堰古镇的地形犹如草里藏珠。西北的板桥如彩虹雄跨在张泾河上，那豪宅幢幢多有气派！

（姚金龙 注译）

河流水文类

寒穴泉（其一） <small>在金山顶，显于北宋时</small>

（清）黄霆

十幅蒲帆挂碧川^①，滩头浊浪吐龙涎^②。
何人着屐寻寒穴，来试江南第二泉^③？

作者原注

金山北有寒穴泉，宋毛滂称其味同惠泉，有铭并序。

说明

寒泉，原为金山岛上一朝天岩穴，其状似井，民国时期有人入山采樵，尚在此汲水解渴。今已枯竭，无从访查。

注释

① 蒲帆：蒲草制成的船帆。碧川：指大海。

② 龙涎：传说中龙的唾液，可以制香。

③ 第二泉：原指无锡惠山泉，毛滂以为寒泉甘洌，与惠山泉无异，可并为江南第二泉。见毛滂《寒穴泉铭》。

今译

往来的帆船在海面上航行，汹涌的波涛激起层层的浊浪。是谁穿着木屐来岛上寻找寒泉？只为尝一口江南第二泉的甘甜。

（倪春军 注译）

寒穴泉（其二）

（清）汪巽东

味比中泠汲更难^①，峰头终日响潺潺。
酱翁箓叟无人识^②，为有高名怕出山。

此首介绍金山岛历史上的胜迹寒穴泉。

注释

① 中泠：泉名。在今江苏镇江西北金山下的长江中。相传其水烹茶最佳，有"天下第一泉"之称。今江岸沙涨，泉已没沙中。宋苏轼《游金山寺》诗："中泠南畔石盘陀，古来出没随涛波。"明高启《煮雪斋为贡文学赋禁言茶》："一瓯细啜真天味，却笑中泠妄得名。"

② 酱翁篾叟：卖油翁与编竹篾的老人，意指普通老百姓。

今译

寒穴泉味道与中泠泉差不多，但水打起来更难，金山岛山头泉水汩汩流淌，潺潺有声。卖油翁与编竹篾的老人并不知道，可能是怕名声太大传出山外吧。

（高文斌 注译）

寒穴泉（其三）

（近代）高燮

寒穴名泉第二流①，金山山外浪花浮。
井中古碣难稽改，谁是当年鹦鹉洲②？

作者原注

金山在卫城南大海中，山上有寒穴泉，昔人品之，同于惠山之"天下第二泉"。又海防居民掘古井得一碑，摩挲其文曰"鹦鹉洲界"。

说明

此首介绍大金山岛上的名胜寒穴泉，笔致清灵。

① 寒穴名泉：即寒穴泉，泉在金山岛。岛居大海中，咸水浸灌，泉出山顶独甘洌，朝夕流注不竭。王安石、梅尧臣皆有诗盛赞此泉，并誉之为"神泉"。第二流：宋政和年间（1111—1116），秀州知州毛滂巡视华亭，县令姚舜明汲寒穴水煮茶款待，毛大奇，以为其味与号称"天下第二泉"之惠山泉水相等，乃派人去无锡取惠山泉并尝，至三四反复，不觉得有异，叹曰："盖有两第二泉矣！"

② 鹦鹉洲：金山康城沦海后，钊山山峰成为大金山岛，北山峰成为小金山岛，山谷开阔地带的高地成为沙洲，时称鹦鹉洲。

今译

寒穴泉水质等同惠山天下第二泉，金山岛外浪花翻滚。井中掘得石碑难以考证，谁知道哪里是当年的鹦鹉洲？

（姚金龙 注译）

寒穴泉（其四）

（清）顾翰

古穴寒泉汲取间，毛滂铭字试追攀^①。
笑他辨味烹茶客，不上金山上惠山^②。

作者原注

金山在府东南大海中，咸水浸灌，泉出山顶，独甘洌，宋毛泽民作《寒穴泉铭》，以为与惠山不分差等。

说明

此首介绍金山岛上的胜迹寒穴泉。

注释

① 毛滂铭字：指北宋政和年间秀州知州毛滂为寒穴泉作铭之事。

② 惠山：无锡惠山，山有泉水，称惠山泉，人称"天下第二泉"。

今译

在汲来寒穴泉水的时候，同时追溯毛滂为此泉所作的铭文。笑他烹煮茶叶分辨二种泉水，不在金山而去了惠山。

（高文斌 注译）

秀州塘（其一）

（清）黄霆

长泖东南近秀州^①，半为烟水半汀洲^②。
鹭鸶飞破夕阳影，万点菱花古渡头^③。

作者原注

秀州塘在府西南。长泖为三泖之一，以其形长得名，其中菰蒲菱荇，庄庄有之，四时景物甚佳，而地势则日渐淤塞。

说明

此首咏秀州塘风光，塘在朱泾境内。

注释

① 长泖：三泖之一，因形状狭长而名。
② 汀：水边平地。
③ 菱花：菱角的花。

今译

秀州塘在长泖的东南方向，半为湿地，半为烟水。成群的鸬鹚在夕阳前面飞过，无数的菱花在古老的渡口绽放。

（倪春军 注译）

秀州塘风光

秀州塘（其二）

（清）程兼善

秀州塘口水溶溶，东望朦朦是五茸^①。
十里烟波舟一叶，回头记取两高峰。

作者原注

秀州塘在溪东。"烟波十里横塘路"，查容《抵枫泾》诗。乾隆时，溪南顾惟本、溪北赵金筒二人俱以诗文名，人呼为"南北两高峰"。

说明

此首介绍枫泾秀州塘一带景物及人文内涵。

注释

① 五茸：松江府城的雅称，历史上本为吴王的猎场，又称"五茸城"，在今上海市松江区西，松江别名"茸城"，即本于此。唐陆龟蒙《和吴中书事寄汉南裴尚书》诗："三泖凉波渔蘸动，五茸春草雉媒娇。"

今译

秀州塘口的水流宽广，向东望去朦朦胧胧的是松江城。一只小船出没于十里烟波之中，回首还是会记起顾惟本与赵金筒二高士。

（高文斌 注译）

秀州塘（其三）

（清）程超

南浦潮通接秀州^①，帆樯西下此襟喉^②。
往来不识风涛恶，一曲吴歈自在流^③。

作者原注

朱泾秀州塘，为吾松至杭嘉湖孔道。

说明

此首点出秀州塘作为杭嘉湖水上交通要道的地位，尺幅千里，用笔曲折。

注释

① 南浦：这里指黄浦江南端的一条支流"六里庵港"。秀州：浙江嘉兴市的古称。

② 帆樯：船上挂帆的杆子，借指船只。襟喉：衣领和咽喉。比喻要害之地。

③ 吴歈（yú）：春秋吴国的歌。后泛指吴地的歌谣。

今译

从南黄浦来的潮水连通秀州，这是帆船往西航行的交通要道。来来往往的帆船不觉风浪的险恶，舟人唱着吴歌无拘无束地飘然行进。

（姚金龙 注译）

白牛塘

（清）黄霆

红桥一路酒旗班①，百亩荷花绕曲湾②。
夜半衣香人影乱，白牛塘上赛神还③。

作者原注

风泾镇，一名白牛塘。贝琼《清江集》云："风泾多荷花，仿佛西湖之胜。"

枫泾白牛塘

说明

此首咏枫泾水乡的自然风光和民俗风情。

注释

① 红桥：即虹桥，枫泾古桥。沈蓉城《枫溪竹枝词》："秋千架傍瑞虹桥，节届清明丽景饶。"

② 百亩荷花：枫泾地势低洼，河道纵横，宜栽种荷花，旧称"荷叶地""芙蓉镇"。

③ 赛神：设祭酬神。明董含《三冈识略》记载："枫泾镇为江、浙连界，商贾丛集。每上巳，赛神最盛。"

今译

从红桥走来，一路上酒旗飘扬。盛开的百亩荷花，围绕着枫泾水乡。夜晚人头攒动，衣袖上带着荷花的香气。结束了一天的祭神活动，人们正从白牛塘上归来。

（倪春军 注译）

风泾市河

（清）陈祁

广济桥连仁济坊①，人家多半傍垂杨。
春风吹遍东西栅②，秋月平分上下塘。

作者原注

俗以市尽为栅，有东西南北四栅。市中有河一道，河东西曰上下塘。

说明

风泾市河，古界河，将小镇分为南北两市，此首咏市河两岸生活与风光。

注释

① 广济桥：古桥名，《（乾隆）金山县志》记载："广济桥，俗呼潘家桥，明嘉靖年建。"仁济坊：枫泾镇内街巷名。

② 栅：市集的尽头称"栅"。

今译

广济桥联结着仁济坊，家家门前栽种绿树垂杨。春风吹过东西两栅，秋月弯弯照河两岸。

（倪春军 注译）

放生河

（清）陈祁

放生河内芰荷开^①，鱼鳖纷纭逐队来。
老蚌含珠浮水面，清秋解与月徘徊。

作者原注

里有放生河，又有大蚌，月明则浮出，人不能捕。

说明

此首介绍枫泾放生河内物产，结句借景抒情。

注释

① 芰（jì）荷：荷花。《楚辞·屈原·离骚》："制芰荷以为衣兮，集芙蓉以为裳。"

今译

放生河里的荷花已经盛开，鱼虾和龟鳖成群结队地游来。蚌壳含着珍珠浮在水面之上，在这清冷的秋夜与月光共徘徊。

（倪春军 注译）

落星潭、赤日湾

（清）丁宜福

落星潭子碧波澄，赤日湾头夕照凝。
万古长鲸谁钓得^①，满船明月载诗僧。

作者原注

詹船子和尚钓于朱泾，有"夜静水寒鱼不食，满船空载月明归"
之句。后人名其地为"钓滩"，即今之法忍寺也。落星潭、赤日湾皆
朱泾名迹（事见《冷斋夜话》及《渔隐丛话》）。

说明

此首介绍金山历史上"朱泾十景"之落星潭、赤日湾。

注释

① 长鲸：原指江海中大鲸。唐杜甫《饮中八仙歌》："饮如长鲸吸
百川，衔杯乐圣称世贤。"此处意指船子和尚的高徒。

今译

落星潭上碧波澄净，赤日湾头落日凝辉。万年一遇的长鲸谁又能
钓得，一船明月空自载着诗僧归去。

（高文斌 注译）

薇枝浜

（清）程兼善

数家结舍傍薇枝^①，近水房栊刺绣宜^②。
蜂蝶纷纷春易老，恼人最是落花时。

作者原注

溪北有肥脂浜，三面环水，地多薇花，故又名薇枝。

说明

此首写枫泾薇枝浜暮春初夏时节的景致，兼寄伤春情怀。

注释

① 结舍：建房。

② 房栊：亦作"房笼"，窗棂。《汉书·外戚传下·孝成班倢伃》："广室阴兮帷幄暗，房栊虚兮风泠泠。"又泛指房屋。王维《桃源行》："月明松下房栊静，日出云中鸡犬喧。"

今译

数家人家依傍着薇枝浜建造房屋，近水的窗棂最适合刺绣打发日子。蜂蝶来来去去，春天那么容易逝去，最让人懊恼的是薇花凋零的时节。

（张锦华 注译）

白牛荡

（清）程兼善

布谷飞鸣春去时，白牛荡水碧琉璃①。

等闲莫唱鸳湖曲②，听谱秋航旧竹枝③。

作者原注

白牛荡在溪北，朱竹垞太史《鸳湖棹歌》云"一面风泾接魏塘"，即指枫溪，里人沈蓉城有《枫溪竹枝词》，秋航，沈集名也。

说明

此首写枫泾名胜白牛荡春去夏至的旖旎风光。

白牛塘新貌（陈志军摄）

注释

① 白牛荡：古时原为狭长湖荡，后淤塞成河道。传说湖中曾出现白色神牛，故名。

② 鸳湖曲：指嘉兴朱彝尊所撰《鸳湖棹歌》。

③ 秋航旧竹枝：指里人沈蓉城所撰《枫溪竹枝词》。注译者按，沈蓉城（1743—1825），字书林，号秋航，枫泾人。出生书香门第，官宦之后，才华早露，被家乡人目为"神童"，终生不仕，以家传眼科医术济世。晚年于枫泾南镇"悬壶小隐"，以诗自娱，有《秋航诗钞》《枫溪竹枝词》传世。

今译

布谷鸟鸣叫着飞过春天将过去，白牛荡的水真像琉璃一样碧蓝。轻易不要唱起朱彝尊的鸳湖棹歌，还是听听沈秋航集里的那些竹枝词吧！

（张锦华 注译）

六弓湾

（近代）高燮

无恙山光无恙风①，小桥掩映碧波通。
六弓湾水平如镜，　呼鸭邻家夕照中②。

作者原注

六弓湾，距山庄不数武。

说明

此首描写了融山色、河景与农家生活于一体的六弓湾秀色。

注释

① 无恙：原意是指没有发生疾病，引申指虽然受到了不良侵害，

没有产生不良影响。《楚辞·九辩》："赖皇天之厚德兮，还及君之无恙。"

② 呼鸭邻家：六弓湾不仅有高家，还有其他的农户，邻水农家多养鸭，当年养的鸭子散养在河中，到傍晚主人呼鸭回棚，极为壮观。

今译

美好的山光轻柔的风，小桥遮蔽映衬下碧波流淌。六弓湾的水平如镜面，夕照中邻居们正在赶鸭回棚。

（姚金龙　注译）

杨树港

（清）倪式璐

港头杨柳雨冥冥①，郎似杨花妾是萍。
柳絮逐风萍逐水，一春长是隔烟汀②。

作者原注

东南为杨树港。

说明

此首介绍干巷杨树港风土风物，巧于设喻。

注释

① 港头：指杨树港。位于金山张堰与干巷之间，现属吕巷镇龙湾村。当时是一个村级小集镇所在地，南接张堰，北连干巷，有"绿荷潭桥"。雨冥冥：雨势迷蒙之状。

② 烟汀：烟雾笼罩的水边平地。

今译

杨树港头淅淅沥沥地下着雨，夫君像那杨花我就是浮萍。柳絮随着风浮萍随着水，一春到头都被岸上汀边隔离着。

（姚金龙　注译）

桃源漾

（清）沈蓉城

桃源漾住几家邻^①，桃树花开二月春。
棹入木桥低不碍，舣船只少打鱼人^②。

作者原注

桃源漾在清水泾南。

说明

此首介绍金山枫泾桃源漾的春色，风格轻快活泼。

注释

① 桃源漾：在枫溪之南，旧时每逢春日，是游人踏青赏桃花的首选地。

② 舣（yǐ）船：停靠船只。

今译

桃源漾畔有几户人家比邻而居，农历二月正是桃花初绽之时。木桥再矮也不妨碍过往的船只，岸边泊船的却少有打鱼之人。

（高文斌　注译）

桥梁津渡类

瑞虹桥

（清）沈蓉城

秋千架傍瑞虹桥[1]，节届清明丽景饶[2]。
记得横塘吟好句[3]，钱塘曾有客移桡[4]。

作者原注

瑞虹桥，俗呼"虹桥"。明钱塘瞿忠吉《过风泾》诗有"雨余新涨绿横塘"句。

说明

此首描绘枫泾瑞虹桥一带风物，并缅怀明代路过枫泾并留下题咏的杭州诗人瞿佑。

注释

[1] 瑞虹桥：枫泾古桥名，建于明代，是一座石搁平板桥，在虹桥湾通市河的口上，桥侧为有名的私家园林天官府，园内有秋千等游乐器具。

[2] 丽景饶：丽景多之意。

[3] 记得横塘吟好句：横塘，指枫泾定光塘。明代杭州诗人瞿佑（宗吉）《过枫泾》云："雨余新绿涨横塘，红板桥边矮粉墙。知是清明时节到，秋千一架倚垂杨。"

[4] 桡：船桨，代指船。

今译

天官府里秋千架紧傍瑞虹桥，又到了清明佳节景色美妙。定光塘畔谁留下锦词绣句？是杭州诗人瞿佑乘船赋就佳作。

（姚金龙 注译）

古塘桥

（清）黄霆

泖湾西接古塘桥^①，问渡归泾咽暮潮^②。
日落荒祠行客过^③，疏林飒飒似吹箫。

作者原注

古塘桥跨仰湾、胥浦之间，其北为归泾。胥浦，因伍子胥得名，
上有子胥祠。

说明

此首串讲古塘桥、归泾渡、胥浦祠三处地点，末句借景抒情。

注释

① 泖湾：古塘桥与泖湾相接。《（乾隆）金山县志》："古塘桥，以
胥浦名，跨泖湾、陈村之间，今废。"

② 归泾（jīng）：古塘桥北为归泾，有归泾渡。

③ 荒祠：指胥浦祠。胥浦相传为春秋时吴国大夫伍子胥所开凿，
故有祠祭祀伍员，明嘉靖间毁于倭寇。

今译

古塘桥一头连在泖湾村西，一头连在归泾渡口。夕阳西下，行客
从荒废的胥浦祠前匆匆而过。一片稀疏的树林近在眼前，飒飒秋风如
箫声一般哀怨。

（倪春军　注译）

俊生桥

（清）沈蓉城

俊生桥下暮潮冲^①，估客停舟米市逢^②。

不道声传海慧寺③，梦回已打五更钟。

作者原注

俊生桥，颜俊生重建，在海慧寺前。

说明

此首以细腻的笔触展现旧时枫泾俊生桥畔米市的交易盛况。

注释

① 俊生桥：在枫泾海慧寺前，又名北栅桥，跨白牛荡口，清康熙时里人顾俊生建造，故名。此桥后被拆除。

② 估客：商贾。米市：枫泾地处江南腹地，盛产大米，清代时米市交易甚繁荣，清光绪时有禄记大生、谊泰等有名的米行，到民国初，尚有三十多家米行。

③ 海慧寺：古寺名，在枫泾镇北栅。

今译

北栅俊生桥下晚潮汹涌，米商泊船米市生意兴隆。叫卖之声传至海慧寺前，僧人五更醒来饱听清脆梵钟。

（姚金龙 注译）

玲珑坝

（清）黄霆

玲珑坝口水潺潺①，樵客冲潮一叶还②。
遥指夕阳明灭处，大金山外小金山。

作者原注

杨廉夫曰："余尝北渡扬子，访金山之胜，而不知淞之南又有所谓大金、小金者。"玲珑坝，在金山卫城外。

说明

玲珑坝乃清代所筑海塘，此首咏玲珑坝上所见海景。

注释

① 玲珑坝：指海塘，因设计巧妙，能退潮水，故名玲珑。林则徐道光十五年（1835）《亲勘宝山华亭两县海塘片》："该塘内面砌条石十五层，外面包土，其迎潮处所又加桩木碎石，层层拦御，潮至虽被漱啮，仍从空隙处退回，故相沿谓之玲珑坝，实为全郡保障。"潺（chán）潺：水流缓慢的样子。

② 樵客：去往金山岛上砍柴的樵夫。

今译

玲珑塘外水声潺潺，樵夫驾着一叶扁舟海上往还。夕阳西下，远处就是金山两岛。

（倪春军 注译）

锦沙滩

（清）陈祁

孤舟夜夜棹河干①，指点繁星独自看。
草圣空传人不见②，寒潮犹上锦沙滩。

作者原注

柏斯民先生古，善草书，知天文，尝驾小舟往来白牛塘上，夜即卧观星象。锦沙滩，在白牛塘畔。

说明

此首咏枫泾书法家柏古泛舟白牛塘事，以塘畔锦沙滩作结。

58

① 棹（zhào）：划船。河干（gàn）：河边。

② 草圣：指柏古。《（光绪）金山县志》："柏斯民，号雪耘，华亭人，寓朱泾钓滩庵。工诗，兼长书画。魏青城称其古近体清新高浑，品格在陶、谢、王、孟间。著有《雪耘诗钞》。"

今译

想当初，柏斯民先生每天晚上在河边泛舟，独自仰望夜空，指点星辰。如今先贤早已作古，空留下草圣的美名，还有金沙滩上的滚滚浪潮。

（倪春军 注译）

网带、河沿

（清）陈祁

网带家家尽业渔①，河沿是处钓人居。
沙间对对鸬鹚鸟，侧目潜窥荡里鱼②。

作者原注

网带、河沿，皆地名。鸬鹚鸟，俗名"摸鱼公"，能捕鱼。荡里，鱼名。

说明

此首介绍枫泾网带、河沿一带渔民打鱼的情况。

注释

① 网带：地名，在里南。业：以……为业。

② 荡里鱼：疑为"塘鳢鱼"之谐音。

今译

网带地区每家每户都以捕鱼为业，河沿一带也都是钓鱼的人家。

沙滩上一对对鸬鹚鸟，瞪大了眼睛注视着水中的游鱼。

（倪春军 注译）

钓滩（其一）　　在金山朱泾，唐船子和尚钓处

（清）汪巽东

才竖兰桡道已传^①，会师漫与证机缘^②。
扁舟来往珠溪上，钓得虚名三十年。

作者原注

船子名德诚，夹山善会师往见，辞行再四顾，诚唤会回，立起桡，曰："汝将谓别有耶。"乃覆舟而逝。诚有《机缘集》，"三十余年坐钓台"，诚句。

说明

此首介绍金山朱泾历史上八景之钓滩，钓滩为唐代高僧船子和尚垂钓处。

注释

① 兰桡：小舟的美称。唐刘禹锡《采菱行》："争多逐胜纷相向，时转兰桡破轻浪。"宋欧阳修《采桑子》："兰桡画舸悠悠去，疑是神仙。"

② 机缘：此处意为佛教用语，众生信受佛法的时机和因缘。《景德传灯录·卷四·嵩岳慧安禅师》："让机缘不逗，辞往曹溪。"

今译

小舟竖立起来淹没之时道法已传授，夹山与船子在应答之中达到了佛法因缘的交流。一只小舟在朱泾来来往往，这一钓其清誉就流播了三十年。

（高文斌 注译）

钓滩（其二）

（近代）高燮

沙淤水涸不生澜①，云是当年古钓滩②。
滩上月明人不见，一竿收得已忘筌③。

作者原注

钓滩在朱泾，为唐船子和尚覆舟得道处。

说明

此首凭吊朱泾名胜钓滩，并遥想唐代诗僧船子的流风遗韵。

注释

① 沙淤：淤积的泥沙。

② 云是：说是、道是。

③ 忘筌（quán）：筌为竹制的捕鱼用具。忘筌意为目的达到后就忘记了原来的凭借，后引喻不值得重视的事或物。

今译

泥沙淤积水面萎缩没有了波浪，人们说这就是古时候的钓滩。滩上月明依旧但不见当年钓鱼人，想是他收起钓竿便忘记了尘世。

（姚金龙 注译）

钓滩（其三）

（清）顾翰

钓滩踪迹竟无凭，若个禅参最上乘①。
寒水半江鱼不上，一船明月载诗僧。

唐船子和尚德诚钓于朱泾，有"夜静水寒鱼不食，满船空载月明归"之句。后人名其地曰"钓滩"，即今之法忍寺也。

说明

此首描写了朱泾钓滩与诗僧船子和尚的渊源。

注释

① 若个：哪个，可指人，亦可指物。唐东方虬《春雪》诗："不知园里树，若个是真梅?"禅参：佛教禅宗的修行方法。

今译

钓滩的踪迹竟然已没有凭据了，谁人参禅的道行最上乘呢。寒冷的江水没有鱼儿愿意来咬钩，一只明月照耀的小船载着正吟诗的高僧。

（高文斌 注译）

金沙滩（其一）

（清）顾翰

珠帘绣幄夕阳斜①，遥指滩头沽酒家②。
拾得赏军瓶在手，问谁夫婿落金沙。

作者原注

金沙滩在白牛市，相传宋蕲王屯兵于此，土人刨地往往得赏军酒瓶。

说明

此诗描写金沙滩上落日景象之余，以捡到的赏军酒瓶作结，间接描绘了战争的残酷。

注释

① 绣幄：锦绣的帷帐。

② 沽酒家：卖酒人家。

今译

珠帘和绣帐间夕阳缓缓落下，有人指向金沙滩上卖酒的人家。手中拿着捡到的赏军酒瓶，借问这是谁家夫婿战死在这金沙滩上。

（高文斌 注译）

金沙滩（其二）

（清）丁宜福

酒帘飘扬出旗亭①，滩上金沙烂若星。
不用提壶唤春鸟，居人拾得赏军瓶②。

作者原注

金沙滩在白牛市，土人掘地往往得赏军酒瓶，盖宋韩蕲王屯兵之处也。

说明

此首介绍金山枫泾历史上"海慧八景"之金沙滩。

注释

① 旗亭：酒楼，因其高悬旗帜为酒招而被称为旗亭。

② 军瓶：此处指古时军旅中所用的酒瓶，出自抗金名将韩世忠军旅，此处所言之军瓶一称"韩瓶"。

今译

酒招飘荡在市楼之上，金沙滩上的沙子灿若星辰。不用提着水壶唤叫春天的鸟儿，居民屡屡在这里捡到韩蕲王部队用过的酒瓶。

（高文斌 注译）

金沙滩（其三）

（清）程兼善

春水围塘夕照新，金沙滩下好垂纶①。
遗踪犹说骑驴客②，吊古空怀跨犊人③。

作者原注

金沙滩在溪北海慧寺前，"金沙夕照"为寺八景之一。乾隆时里人开河，得赏军酒瓶，相传韩蕲王尝驻兵于此。按，陈舜俞隐居时，常跨白犊往来。

说明

此首介绍金山枫泾历史上"海慧八景"之金沙滩。

注释

① 垂纶：垂钓。明刘基《题秋江独钓图》诗："秋风江上垂纶客，知是严陵是太公？"

② 骑驴客：指南宋抗金名将韩世忠（蕲王）。史载韩世忠于岳飞被害后，心灰意冷，闭门谢客，常骑驴携酒，闲游西湖之畔。

③ 跨犊人：此处意指爱骑白牛的北宋隐士陈舜俞。

今译

夕阳光照耀着一泓春天的水塘，此时正好去金沙滩下垂钓。那些遗迹总让人说起骑驴的名将韩蕲王，怀旧凭吊也只能怀想骑牛的隐士陈舜俞。

（高文斌 注译）

广济桥、净土桥

（清）程兼善

村媪筠篮惯自提①，大桥才过小桥低②。

为寻香火探幽径，迤逦行来石佛西。

作者原注

大桥，即广济桥，在溪南。小桥名净土，在大桥东麓，其东数步有石佛，道光季年香火忽盛，为徐主簿广绪禁止。

说明

此首介绍金山枫泾人过桥拜石佛烧香的情景。

注释

① 村媪（ǎo）：村妇。"媪"为老年妇女的代称，常用作尊称。筠（yún）：竹篮。宋杨万里《晓过丹阳县》诗之四："小儿不耐初长日，自织筠篮胜打闲。"

② 大桥：即广济桥，在溪南。小桥名净土，在大桥东麓。

今译

村妇喜欢自己提着竹篮，从广济桥经过就是净土桥，她们为了烧香朝幽静的小路走，曲折走来就到了石佛的西边。

（高文斌 注译）

太原桥

（清）程兼善

落花三月涌春潮，贩笋船归荡短桡^①。
听说宵从苕水发^②，朝来已抵太原桥。

作者原注

太原桥在溪南。

65

此首介绍枫泾阳春三月河上景致。

注释

① 短桡：短的船桨。

② 苕水：浙江境内的一条河流。《山海经·南山经》："浮玉之山……苕水出于其阴，北流注入具区。"

今译

三月落花之时春水涨潮，贩笋的船只回来荡起短桨。听说夜晚从苕水开船，早晨已经到枫泾太原桥了。

（高文斌　注译）

鱼乐渡、马汇塘

（清）程兼善

彩窗几处斗新妆①，妆罢何曾问小郎②。

钓月才归鱼乐渡，寻花又往马回塘。

作者原注

鱼乐渡，即李氏放生河，在溪西。马汇塘，一名马回。

说明

此首写枫泾鱼乐渡、马汇塘边夜钓和游乐生活，有代妇怨嗔之意。

注释

① 彩窗：意类"绮窗"，即雕刻或绘饰得很精美的窗户。王维《杂诗》："来日绮窗前，寒梅著花未？"

② 小郎：青年男子，或年轻丈夫。《敦煌曲子词·竹枝子》云："恨小郎游荡经年，不施红粉镜台前，只是焚香祷祝天。"

今译

　　几处雕饰精美的窗户中女子们正争斗着新的妆颜，梳妆完毕什么时候问过年轻的丈夫都干啥去了？他们刚刚从鱼乐渡夜钓回来，马上又要前往马回塘寻欢作乐。

（张锦华　注译）

通济桥（其一）

（清）程兼善

阴阴桑柘绿烟含^①，十里官塘近饲蚕^②。
响水有声桥可度，卖丝人渐到溪南。

作者原注

　　通济桥在溪南，桥下流水有声，故俗呼"响水"。溪上向无蚕桑之利，近已渐及溪南诸村。

说明

　　此首写枫泾通济桥秀丽风光和秀州塘一带桑蚕业渐盛的情况。

注释

　　① 柘（zhè）：落叶灌木或小乔木，树皮灰褐色，有长刺，叶子卵形，头状花序，果实球形。叶子可以喂蚕，根皮可入药。

　　② 十里官塘：指秀州塘枫泾段。宋元时是华亭县与秀州（今浙江嘉兴）间的水驿道，故名秀州塘，亦称官塘、大官塘、后官塘。可通行100—300吨级船只。为金山区与浙江嘉善县之间的主要航道。

今译

　　成片的桑柘像绿烟一样氤氲幽暗，十里秀州塘沿岸近来始饲养桑蚕。通济桥通南北桥下流水潺潺有声，买卖蚕丝的客商渐渐到了溪南一带。

（张锦华　注译）

20世纪50年代之通济桥（杨希摄）

通济桥（其二）

(近代) 高燮

通济嘉名义最超^①，桥临全镇石嶕峣^②。
想因永乐年前旧，犹被他人说板桥。

作者原注

通济桥为张堰镇大石桥，俗呼"板桥"，明永乐年建，清乾隆年重建。

说明

此首介绍张堰八景之首"板桥夜眺"的板桥。

注释

① 通济：通济桥，又名板桥，名列张堰八景之首"板桥夜眺"。明永乐初年（1403）僧永寿建。据说板桥落成之日正值盛夏，远近乡民纷沓而至，一来志喜，二来观看板桥雄姿。此日张堰镇热闹非凡。板桥彩灯高挂，两岸人群簇拥。傍晚时分，桥南人群只见一轮红日如同火盆，由板桥拱洞中心坠入，张泾河波光粼粼，满河碎金，蔚为壮观。

② 嶕峣 (jiāo yáo)：峻峭、高耸。

今译

通济桥桥名好寓意显豁，这是全镇最峻峭的石拱桥。想来是因为永乐年间修建已显陈旧，人们还在诉说着建板桥那时的陈年旧事。

(姚金龙 注译)

梅花渡

(清) 程兼善

梅花古渡水纹斜^①，渡口渔郎艇作家^②。

一棹望云楼下拨，风光应作画图夸。

作者原注

梅花渡在溪东。望云楼，谢太史恭铭藏石刻处，在其西。

说明

此首写枫泾梅花渡如画风情，颇清丽。

注释

① 梅花古渡：枫溪东头古渡。清人曹庭栋有《梅花渡》诗云："香雪消残烟草平，鹭行桥畔鹁鸪鸣。小轩易地听春雨，寒瘦一枝墙脚横。"

② 艇：轻便的小船。

今译

看那梅花古渡水波粼粼，渡口打鱼郎以渔船为家。望云楼下一叶小舟悠然而行，美好风光应当作图画来欣赏。

（张锦华 注译）

德星桥、风泾驿

（清）程兼善

夜泊星桥月影清，推篷疑是驿灯明。
邻舟才向茸城返①，宵鼓层楼已五更②。

作者原注

德星桥，俗呼"星桥"，在溪西北。风泾驿在秀州塘，宋时设，今废，见松郡志。

德星桥（赵炎华摄）

说明

此首写枫泾德星桥和风泾驿夜泊见闻，有漂泊感。

注释

① 苸城：旧时松江县的雅称，又称"五苸城"。

② 宵鼓：更鼓，暮鼓。层楼：高楼。

今译

夜泊于德星桥下见月影一片清冷，推开船篷以为是风泾驿灯火通明。毗邻的航船刚要启程向松江返回，更鼓从高楼传来已经是五更时分。

（张锦华 注译）

杨柳桥

（清）程兼善

两三灯火照鱼钩，杨柳桥低不碍舟。

捕蟹渔郎蓑覆背，卖虾乡妇布包头①。

作者原注

杨柳桥在溪西。

说明

此首写枫泾杨柳桥风土人情，语淡情惬。

注释

① 布包头：枫泾地方及浙江一些地区妇女喜用蓝花布或格子布包头，故云。

今译

三三两两的灯火照耀着鱼钩，杨柳桥低矮却不妨碍小船穿梭。捕蟹的渔郎一身蓑衣盖着背，卖虾的乡妇都爱用蓝花布包头。

（张锦华 注译）

钓桥

（清）程兼善

钓桥前后辋川如^①，桥下清波可钓鱼。
一树凌霄花烂漫，隔墙便是旧园庐^②。

作者原注

钓桥在溪南，其南即余家故居也。

说明

此首写枫泾钓桥风物人情，见桑梓情怀。

注释

① 辋川：地名，位于西安蓝田县中部偏南。因辋河水流潺湲，波纹旋转如辋，故名辋川。辋川在唐初是著名诗人宋之问的别业，后为王维所购得。王维同孟浩然、裴迪、钱起等诗友在辋川泛舟往来、鼓琴唱和，留下《辋川集》。

② 园庐：田园和庐舍。

今译

钓桥前后就像辋川水流潺湲，桥下清波微漾可以悠然垂钓。一树凌霄花正开得鲜妍美丽，而隔墙就是我家世居之所。

（张锦华 注译）

岁寒桥

（近代）高燮

十年树木已成荫^①，大柳高槐竹径深^②。
藏得岁寒桥一座，阑干倒影碧沉沉^③。

作者原注

岁寒桥在山庄西侧岁寒精舍之旁，由密竹中穿进。

说明

此首介绍闲闲山庄的岁寒桥，笔势跌宕。

注释

① 十年树木：十年，虚数。树木即种植树木。典出《管子·权修》："一年之计，莫如树谷；十年之计，莫如树木；终身之计，莫如树人。"

② 竹径：竹林中的小径。唐常建《题破山寺后禅院》诗："竹径通幽处，禅房花木深。"

③ 阑干：即栏杆。指桥的两边的围栏，供行人扶手、防卫之用。碧沉沉：形容深绿色。

今译

种植一多年的树木已经繁茂成荫，柳树槐树又高又大竹园的小路很幽深。一座岁寒桥藏在树荫之中，桥栏杆的倒影映在深绿的水波之中。

（姚金龙 注译）

张泾桥

（近代）高燮

看惯松溪上下潮^①，年年溪外屡停桡^②。

数从黄浦南来水③，流入张泾第一桥。

作者原注

张泾桥在松隐市外，桥跨张泾，向系木质，今改石桥，名浦南第
一桥。

说明

此首介绍"浦南第一桥"张泾桥，笔势跌宕。

注释

① 松溪：金山松隐镇的古称。

② 桡（ráo）：意为桨、楫。

③ 南来水：张泾河的起端在北面的黄浦江，水从北往南流，故称
南来水。

今译

看惯了松溪的来潮落潮，年年在溪外的张泾河上泊船系缆。河水
从黄浦江一路往南，一直流向浦南第一桥。

（姚金龙　注译）

山丘洞天类

读书堆

（清）黄霆

读书台上碧苔荒，回首亭林落日黄。
一曲墨池香气细①，风流犹溯喝潮王。

作者原注

亭林镇有顾野王读书堆、墨池诸胜。相传海潮突至，野王一喝而潮退，土人称为"喝潮王"，祀之庞山湖，事见《坚瓠集》。

说明

此首咏亭林顾野王读书堆，抚今追昔。

注释

① 墨池：顾野王洗笔处，在读书堆。

今译

读书堆上的苔痕已略显斑驳，回望树林只见落日昏黄。台前的墨池散发着缕缕香气，可以追溯顾野王的往昔风流。

（倪春军 注译）

秦山（其一）

（清）黄霆

笑指秦王望海山①，祖龙遗迹杳难攀②。
查山丹井依然在③，几见仙翁驾鹤还④。

作者原注

秦山在张堰南，俗传秦始皇登此望海。查山去秦山十余里，查玉

亭林顾野王读书堆

秦山春光

成炼丹处，有"浴丹井"。

说明

此首咏秦山及查山的历史遗迹。

注释

① 望海山：传说秦始皇曾登此山望海，故名秦望山，今在张堰境内。

② 祖龙：指秦始皇。《史记·秦始皇本纪》裴骃集解："祖，始也。龙，人君象。谓始皇也。"

③ 查山：传说查玉成在此山中炼丹，故名查山。清光绪《金山县志》记载："昔查玉成炼丹海上小山中，即此。今山有浴丹井、炼丹室，山下乡曰仙人乡，皆其遗迹，因据此定为查山。"

④ 仙翁：指得道的高人隐士。

今译

当年秦始皇在此山上远望大海，如今却难以寻觅帝王遗迹。只有查玉成炼丹留下的那口水井，多少次见证了仙翁乘鹤而去。

（倪春军　注译）

秦山（其二）

（清）顾翰

童男童女载三千，想见秦皇望海年①。
孤负长生遍山草②，翻教徐福去求仙。

作者原注

秦望山在金山界，始皇登此望海。故名。山出异草，曝干藏箧中，以汤沸之，即鲜翠如生，名"长生草"。

说明

此首介绍了秦山风物与秦始皇寻求不死药的传说。

注释

① 秦皇：即秦始皇嬴政。相传秦始皇曾至金山张堰秦山登高望海。

② 孤负：徒然错过之意。宋黄机《水龙吟》词："恨荼蘼吹尽，樱桃过了，便只恁成孤负。"

今译

满载着三千童男童女，可以想见秦始皇昔年登山望海的情景。秦山上遍野的长生草他视而不见，竟还叫徐福去远方寻求长生的仙药。

（高文斌 注译）

秦山（其三）

（近代）高燮

毕竟秦皇气不侔①，兹山也被望中收②。

至今史册无稽考③，犹有当年驰道留④。

作者原注

秦山在宅东南二里许，相传为秦始皇登此望海，故又名秦望山，驰道在山上右侧。

说明

此首介绍张堰秦山的名称来历以及相关传说。

注释

① 侔（móu）：等、齐。

② 兹山：指秦山，位于金山区张堰镇西部，张吕公路南侧，山坡西南缓东北陡。相传秦始皇南巡，曾登此山望海，故名之。因坑产白垩，

"垩"与"恶"同音，取其反意，又名白善山，别名秦山、秦皇山、秦驻山，海拔三十余米，山体由粗面质安山岩组成，有灌木丛分布。

③ 稽考：查考。

④ 驰道：驰道是中国历史上最早的"国道"，始于秦朝。

今译

毕竟秦始皇的名气不同一般，这山下的大海也被他收入眼中。至今虽然没有查考到历史记载，但还保留着当年的驰道呢。

（姚金龙　注译）

秦山（其四）

（清）吴大复

山门金粟绝红埃[①]，佛阁钟楼峰顶开[②]。

重向超然台上望，海天风日卷涛来。

说明

此首描述诗人登秦山观海听涛的独特感受，气势宏阔。

注释

① 山门：山门意为寺院正面的楼门，为寺院的一般称呼。通常寺院为了避开市井尘俗而建于山林之间，因此称山号，设山门。金粟：金粟如来的省称，佛名。红埃：犹红尘。指飞扬的尘土。

② 佛阁：佛阁即佛教建筑中供养佛陀的楼阁。

今译

供奉金粟如来的寺院净无尘埃，佛阁钟楼在秦山顶上一字排开。再向超然台上去纵目远眺，只见海天空阔风生涛涌。

（姚金龙　注译）

秦山·南崖洞天、梅花香窟

（近代）高燮

洞天深处溯南崖^①，八景全荒石乱斜^②。
添得梅花坟一个，要他万古起烟霞^③。

作者原注

南崖洞天为秦山最幽之境，梅花香窟适当其左。

说明

此首介绍秦山胜境南崖洞天及梅花香窟。

注释

① 南崖：指南崖洞天，即为仙人洞。民间流传，仙人洞曾住过仙女，因而得名。洞在山之南，洞口狭小，仅容一人出入。明代山人吴韶曾隐居仙人洞，其号南崖，遂在洞口石壁题书"南崖洞天"四字。

② 八景：指秦山八景，分为仙人洞、飞来石、老人峰、翠薇峰、龙游洞、白龙洞、石马蹬、试剑石，合称秦山八景。

③ 烟霞：烟雾和云霞，也指山水胜景。

今译

南崖洞天深处探寻溯源，八景全然荒芜石头凌乱倾斜。添得梅花香窟一处，让它永远云蒸霞蔚。

（姚金龙 注译）

仙人洞　在秦山

（清）汪巽东

徐市船归海上迟^①，辒车六月井陉驰^②。
山头自有长生草，不向仙人乞一枝。

辒辌车亦曰辒车。山有异草名"长生"。

说明

此首介绍金山张堰秦山历史上的"秦山八景"之仙人洞。

注释

① 徐市：即徐福，名或作市，字君房，齐国琅琊（今山东青岛，一说江苏连云港）人。秦朝著名方士，曾受秦始皇派遣，出海采仙药。

② 辒车：古代的一种卧车。亦用作丧车。《史记·秦始皇本纪》："会暑，上辒车臭，乃诏从官令车载一石鲍鱼，以乱其臭。"井陉：县名，位于河北省西部边陲，处太行山东麓。

今译

徐福采药船队迟迟不归，秦始皇的丧车在六月的井陉道上飞驰。这秦山上便长着长生不老的仙草，不用远赴海外向仙人去乞讨一棵。

（高文斌 注译）

查山

（清）丁宜福

浴丹遗井水清泠①，石壁苔封户半扃。

闲向仙乡访仙迹②，东来云气拂衣青。

作者原注

查山为查玉成修道外，有浴丹井，其地名"集仙乡"。

说明

此首介绍金山区金山卫镇查山之名迹遗存。

注释

① 浴丹：相传唐代时查山上曾有道人查玉城于此炼丹，遗留炼丹

查山风貌

井一处。

②仙乡：相传查山上的道人查玉成得道后升仙而去，故后人称此山为仙山，山下曾设仙山乡。

今译

查山上遗留的浴丹井井水依旧凉寒，石壁上青苔堆积而洞户半闭。且向仙乡寻访仙人足迹，东来的云气拂过衣襟留下一片青苍。

（高文斌 注译）

文笔峰

（清）程兼善

贫妇缝衣住路坳^①，一年花月等闲抛^②。
恨他文笔峰前水，不载郎舟到市梢。

作者原注

越王墓在溪南大玉圩，溪南有得泉亭，明里人顾文曷掘井得钱，遂筑亭于其上，名曰"得泉"。

说明

此首介绍金山枫泾的古迹文笔锋。后二句有情诗成分。

① 路坳（āo）：路口的平地之上。

② 花月：春花秋月之意，指时光、岁月。

今译

贫穷的妇人家住路口靠补衣为生，一年美好的时光就悠悠过去了。遗憾的是文笔峰前的流水，不把我郎君的船送到镇头。

（高文斌 注译）

亭台园林类

得泉亭

（清）陈祁

水田云稻望无涯，园足桑麻圃足花^①。
可惜得泉亭下井，只供三伏浸西瓜^②。

作者原注

居民顾文昺垦地得钱，见旁有湮井，因浚之作亭其上，名曰"得泉"。水最清冽，今盛夏时，人以浸瓜果云。

说明

此首咏得泉亭及田家事，亭在枫泾致和桥东。

注释

① 桑麻：桑与麻。为农家养蚕、纺织所需，后为农事之代称。

② 三伏：初伏、中伏、末伏的合称。从夏至后第三个庚日起，每十日为一伏。

今译

田里的水稻一望无涯，园圃里栽满了花草桑麻。可惜得泉亭下的清冽井水，只被人用来在三伏天浸泡西瓜。

（倪春军 注译）

四香亭（其一）

（清）程兼善

道院梅花几树开^①，四香亭子长莓苔^②。
怪郎犹说神仙事，风雨而今画壁颓^③。

今日得泉亭

作者原注

四香亭在仁济道院，向多梅花，明周文襄治水时葺，曾赋四诗，谓雨香、露香、月香、雪香也。旁有画壁，相传仙迹，今圮。

说明

此首介绍枫泾南镇的仁济道院内的四香亭，铸境荒寂。

注释

① 道院：指仁济道院，梁天监元年（502）于南镇地域建仁济道院，其时虽未成市集，但道院附近已渐成村落。

② 莓苔：青苔。晋孙绰《游天台山赋》："践莓苔之滑石，搏壁立之翠屏。"

③ 颓：倒塌。

今译

仁济道院的梅花还有几树盛开？四香亭已长满了青苔。嗔怪郎君还在说着神仙的故事，风侵雨蚀之下画壁也已经倒塌了。

（姚金龙 注译）

四香亭（其二）

（清）陈祁

梅花艳发四香亭①，座上春风聚德星②。
同学少年多不俗③，一时诗句满云屏④。

作者原注

四香亭在仁济道院，明周文襄忱治水时所建。庚寅春，曾与同里诸子会文于此，有唱和诗。

注释

① 四香亭：在仁济道院，明周忱所建，清咸丰时毁于战火。《光绪

重修嘉善县志》："四香亭，在枫泾仁济道院，四面植杏荷桂梅。明正统间，周文襄治水时过四香亭，有诗。岁久亭圮，里人戴容、浦鳌、蔡维熊等敛资重建。咸丰庚申，遭兵，废。"

② 德星：古以景星、岁星等为德星，认为国有道有福或有贤人出现，则德星现。后喻指贤士。

③ 同学少年多不俗：杜甫《秋兴八首》其三："同学少年多不贱，五陵衣马自轻肥。"

④ 云屏：有云形彩绘的屏风，或用云母作装饰的屏风。

今译

四香亭的梅花已经盛开，满座的宾朋春日齐聚。志同道合的朋友们，个个才华横溢，吟咏的诗句写满了屏风。

（倪春军 注译）

胥浦祠 在金山胥浦上，祀伍大夫

（清）汪巽东

自愧无天谢友箴①，乃公底不砺霜镡②。
虎膺壮士收棠邑③，已是英雄日暮心④。

说明

此首咏金山胥浦祠历史，发思古之幽情。

注释

① 友箴：指申包胥对伍子胥的劝诫。伍子胥带兵攻破楚国后，发掘楚平王坟墓，鞭笞平王尸体，申包胥劝他不要把事情做得太过分。《史记·伍子胥列传》："始伍员与申包胥为交，员之亡也，谓包胥曰：'我必覆楚。'包胥曰：'我必存之。'及吴兵入郢，伍子胥求昭王。既

伍子胥像

不得，乃掘楚平王墓，出其尸，鞭之三百，然后已。申包胥亡于山中，使人谓子胥曰：'子之报仇，其以甚乎！吾闻之，人众者胜天，天定亦能破人。今子故平王之臣，亲北面而事之，今至于戮死人，此岂其无天道之极乎！'伍子胥曰：'为我谢申包胥曰，吾日莫途远，吾故倒行而逆施之。'"

②底不：何不。镡（xín）：宝剑的剑鼻，剑柄和剑身连接处的两旁突出部分。霜镡，指磨得锃亮的宝剑。《史记·伍子胥列传》："（吴王）乃使使赐伍子胥属镂之剑，曰：'子以此死。'"

③虎膺壮士：指刺客专诸。《吴越春秋》："勇士专诸，堂邑人也。……碓颡而深目，虎膺而熊背。"

④英雄日暮：指英雄迟暮，语出伍子胥，见注释①引《史记》文字。

今译

非常惭愧当年无理拒绝了好友的规劝，以至于有人磨刀霍霍要取下我的头颅。虽然曾经得到专诸这样的壮士建立功勋，但我毕竟已是英雄迟暮，壮志难酬。

（倪春军 注译）

鲁班殿 在金山法忍寺，相传班所造

（清）汪巽东

劫火烧残汉殿材①，门前群匠尽徘徊。
东风野鹊柁长尾②，尽日高飞不下来。

作者原注

庭有双柏，亦般植，今萎。殿上乌雀不栖。

说明

此首介绍金山朱泾古寺法忍寺中的鲁班殿。

注释

① 汉殿：即鲁班殿，在金山朱泾法忍寺，始建于唐代，这是上海地区最早供奉鲁班的地方。《上海建筑施工志》记载："营造业早期形成的行业团体，有日常主持人，有固定活动场所，有殿规。上海地区最早的鲁班殿于唐咸通十年（869），设朱泾镇法忍寺。"这是一种专奉春秋木匠祖师爷鲁班、行业议事的殿堂，可知当时朱泾建筑业的发达。关于鲁班殿位置，法忍寺有大殿、二殿、船子殿、鲁班殿，鲁班殿在天空阁前。

② 野鹊：即喜鹊，是一种鸟类。头、颈、背至尾均为黑色，尾远较翅长，呈楔形。

今译

一把火烧坏了汉代的殿宇，门前的一群工匠整天徘徊。东风中喜鹊拖着长尾巴，它每天高飞却不下殿来。

（高文斌 注译）

东阿所　在金山璜溪，元冯生浚读书处

（清）汪巽东

缘溪难讯武陵槎①，避地仙源有几家。
此是醉仙山下路，诗人未恨失桃花。

作者原注

杨铁崖记略曰："东阿谷在醉仙山。"少陵诗云："船人近相报，但恐失桃花。"盖以其景比之桃源矣。冯生治读书室，颜曰"东阿"，取景同也。

说明

此首介绍金山吕巷历史上的胜迹东阿所。

注释

① 武陵槎：指武陵捕鱼人的渔船，典出陶渊明《桃花源记》。清林枫诗："一春踪迹逐梅花，不是山巅即水涯。胜侣喜携灵运履，仙源偏滞武陵槎。遨游准拟添诗思，消息还宜叩酒家。却笑逋仙筋力减，临崖空恨道途赊。"

今译

沿着溪水未找到武陵渔人的那条打鱼船，如此逃避尘世的仙境也没有几处。此处是醉仙山下的道路，哪怕桃花谢了诗人也不遗憾。

（高文斌　注译）

雪松巢　在金山南陆，元陆宅之居仁别业

（清）汪巽东

巢松合作钱杨友①，但掇巍科未受官②。
似学先人负高节，终身不改宋衣冠。

作者原注

陆自号巢松翁，与杨廉夫、钱思复两寓公善，死同葬于干山，称"三高士墓"。父宋末乡进士，名霆龙。

说明

此首描述并高度赞扬元初高士陆居仁不事二朝的凛然风骨。

注释

① 巢松：指陆居仁，号巢松翁，金山廊下人。居仁为元代书法家、

陆居仁、吕良佐、杨维桢三高士浮雕

文学家，其书法作品《茗之水》现藏北京故宫博物院。雪松巢为居仁私家园林，遗址在今金山廊下南陆村，陆与杨维桢、钱惟善等友人于此开展雅集活动。

② 巍科：古代称科举考试名次在前者。宋岳珂《桯史·刘蕴古》："其二弟在北皆登巍科。"清赵翼《钱茶山司寇以大集见示捧诵之馀敬题于后》诗："已擅巍科最，兼期不朽垂。"

今译

陆居仁真无愧是钱惟善、杨维桢的知交好友，他高中乡试却终身未做官。他像其先人一样背负崇高气节，终身穿着宋代人的衣帽未改变。

（高文斌 注译）

不碍云山楼（其一）

（近代）高燮

登高怀古思悠悠，家近留溪溪上头①。
招手云山一相问，当时可碍竹西楼②。

作者原注

不碍云山楼在张堰，为元高士杨竹西觞咏处，今遗迹无存。

说明

此首凭吊不碍云山楼主人杨竹西，情景交融。

注释

① 留溪：张堰镇古时候有一条由张泾河起向东的支流称留溪，因之张堰古称留溪，如今还有留溪路。

② 竹西：元初张堰高士杨谦号竹西居士，宋亡后不仕。家有"不

《杨竹西小像》（王绎、倪瓒绘）

碍云山楼",常招友觞咏。《廿二史札记》记载:"元季士大夫好以文墨相尚,杨竹西之不碍云山楼,花木竹石,图书彝鼎,擅名江南。"

今译

登高怀古思绪如潮水一般,隐士的旧居近傍留溪上头。向远处的云山招手借问,当时是否挡住了杨竹西的寓楼?

(姚金龙 注译)

不碍云山楼(其二)

(清)丁宜福

赤松溪水响潺潺①,野鹤闲鸥自往还。
堪羡竹西栖隐处②,小楼高不碍云山。

作者原注

不碍云山楼在张溪,元杨谦所居,杨维桢为之记(竹西,亭名,因以为号)。

说明

此首介绍金山张堰历史上的名迹不碍云山楼。

注释

① 赤松溪:一称留溪,亦代称张堰。

② 竹西:指张堰元代名士杨竹西,南宋遗民,不屑入世,隐居里中,与倪瓒、王绎等书画名家交往密切。

今译

张堰河水声潺潺,白鹤与鸥鸟自在飞翔。最羡慕杨竹西隐居的地方,一座楼高得连云与山都阻挡不住。

(高文斌 注译)

杨维桢像

不碍云山楼（其三）

（清）吴履刚

细雨初晴海雾收①，张泾古堰尚安流②。

茫茫独树营何处③，只有云山不碍楼④。

说明

此首题咏元代张堰名士杨竹西觞咏之所云山不碍楼，气势雄阔。

注释

① 海雾：海上的雾气。海雾在海上形成后，会随风飘散，向内陆扩展。张堰离海有一段距离，海雾逐渐到达。

② 张泾古堰：即张泾堰，宋代时为华亭十八堰之一。

③ 独树：此处意谓独树一帜。

④ 云山不碍楼：位于张堰镇，为一古典园林式建筑，系元代张堰名士杨谦（竹西）寓居觞咏之处所，后圮废无存。

今译

雨过天晴海雾也散去，张泾堰依然安好河水缓缓流淌着。要在茫茫的古镇上寻找独树一帜的地方，那只有杨竹西的云山不碍楼了。

（姚金龙 注译）

荫和亭

（清）程兼善

荫和亭外足盘桓①，此地曾经驻御銮②。

闲看扁舟魏塘去，柳眉才画未全干。

作者原注

荫和亭即茶亭,在溪南三里,俗名"三里庵"。康熙丙戌圣祖南巡,尝驻跸于此。

说明

此首介绍古枫泾荫和亭的风光。

注释

① 盘桓:徘徊,逗留。唐刘希夷《捣衣篇》:"揽红袖兮愁徙倚,盼青砧兮怅盘桓。"

② 御銮:古代帝王的车驾上有銮铃,故亦作帝王车驾的代称。

今译

荫和亭外可以好好地停留与游玩,这里曾经驻过帝王的车驾。看那叶扁舟正朝着魏塘驶去,一会儿就到了,连小姐才画的柳眉都还没有干呢。

（高文斌 注译）

张园

（清）程兼善

画楼四望尽平原,深巷惟闻鸡犬喧。
一夜黄花开满地①,有人携酒醉张园。

作者原注

张园,即张广文身浩家祠,在溪南,里人于菜花开时,携酒往赏者甚夥。

说明

此首介绍枫泾私家园林张园的风物情致。

① 黄花：此处指油菜花，其色金黄，故云。

今译

从张园画楼望出去都是平旷郊原，深巷里只能听到鸡犬的叫声。一夜之间金黄的菜花开满地头田间，有人携着美酒到此一醉。

（高文斌　注译）

山晓阁

（清）程兼善

百年乔木近何如①，插架难寻处士庐②。
自昔流风传晓阁，只今落日照荒墟。

作者原注

山晓阁在溪东，孙处士琮著书处，乔木参云，皆前代遗植，载善邑志，今废。

说明

此首介绍金山枫泾古迹山晓阁的由来与荒废景况。

注释

① 乔木：树身高大的树木，由根部发生独立的主干，树干和树冠有略显区分。

② 处士：本指有才德而隐居不仕的人，后亦泛指未做过官的读书人。

今译

庭前上百年的古木如今还在吗？图书满架的隐士旧居已无踪影。山晓阁的文气已留在往昔的岁月里，现在只剩下夕阳余晖照耀着废墟了。

（高文斌　注译）

留春亭

（清）程兼善

留春亭古倚云高，过客犹疑海上鳌^①。
四壁荒凉栖乱雀，阿谁重画曲江涛。

作者原注

留春亭在海慧寺前，其后有壁，即宋僧葵德画水波处，名水波壁，今废。

说明

此首写枫泾留春亭今昔变迁，有物是人非、胜景难再、豪杰远去的吊古之意。

注释

① 海上鳌：泛指大鱼。唐代诗人李白曾自称"海上钓鳌客"，喻有豪放的胸襟和远大的抱负。

今译

留春亭已非常古老却仍高可倚云，犹疑曾经此地的过客多是豪杰之士。眼下却四壁荒凉只有乱飞的麻雀停栖，还有谁能重新画上蜿蜒而奔腾的江涛。

（张锦华 注译）

三友斋

（清）程兼善

三间词客小楼真^①，竹韵松声听几春^②。
一自鸿胪高唱后^③，溪山零落住他人。

蔡兰圃撰故居名曰"三友斋",在溪南薜塘浜庭前,叠石为山,刻其上曰"小栖真"。

说明

此首写乾隆朝枫泾籍状元蔡以台故居三友斋,有吊古伤今之意。

注释

① 三间词客:指三友斋主人蔡以台。注译者按,蔡以台,字季实,号兰圃,生于清康熙六十一年(1722),枫泾人。蔡以台学识渊博,善辨钟鼎、金石、图书等文物,诗文气骨奇高,清丽绝俗。生性耿直,居乡不谒当道者。

② 竹韵松声:风吹过松林响起的松涛,吹过竹林荡起的清音。

③ 鸿胪:官署名。明清两代掌管朝会、筵席、祭祀赞相礼仪的机构。也指该官署官员。

今译

当年三间小楼的主人曾经那么真纯,听着竹韵松声在这里度过几多春秋。自从他高中状元平步青云之后,这里溪山零落早已住了别的人。

(张锦华 注译)

状元坊、二雅堂

(清)程兼善

柳絮榆钱满地飘,状元坊下最萧条。
自从二雅堂倾后,文宴谁斟酒一瓢①?

作者原注

状元坊为蔡殿撰建,在溪南。二雅堂,戴二蕉先生故居,在坊左。

此首写枫泾状元坊、二雅堂萧条遗迹，颇多伤逝之慨。

注释

① 文宴：文人雅集的酒宴。

今译

柳絮榆钱零落殆尽满地飘落，状元坊下最是一派萧条景象。自从二蕉先生的二雅堂倾圮之后，盛极一时的雅集还会有谁来畅饮。

（张锦华 注译）

文昌阁

（清）程兼善

平芜谁说近无山①，落日机云影自环②。
试向三层楼上望，烟螺九点在云间③。

作者原注

三层楼，即文昌阁，在溪东永镇禅院东，距松江五十里。机云诸峰，登楼可望。

说明

此首写枫泾名胜文昌阁登高望松江九峰事，意境雄阔。

注释

① 平芜：指草木丛生的平旷原野。南朝梁江淹《去故乡赋》："穷阴匝海，平芜带天。"

② 机云：指西晋文学家陆机、陆云两兄弟。

③ 烟螺：喻青山。宋范成大《邢台驿》诗："太行东麓照邢州，万迭烟螺紫翠浮。"清孙旸《扫花游·送徐果亭请假归里》词："望到

烟螺，知是江南岸近。"注译者按，烟螺九点，指云间九座山峰。

今译

草木丛生的平原上谁说近处没有山，落日中陆机、陆云家乡自有山影环绕。试一试登上文昌阁三层楼极目远眺，就能看见云间的九座山峰青如碧螺。

（张锦华 注译）

碧巢

（清）程兼善

细雨溟濛访碧巢①，遗书犹待子孙钞。
蓬门剩有箪瓢在②，问字何人载酒肴③？

作者原注

碧巢，颜处士纶讲学处，在溪北颜家浜。

说明

此首写雨中访枫泾颜家浜碧巢之见闻，语多感慨。

注释

① 溟濛：形容烟雾弥漫，景色模糊。也作冥蒙。

② 蓬门：以蓬草为门。指贫寒之家。箪瓢：盛饭食的箪和舀水的瓢。借指饮食。后用为生活简朴，安贫乐道的典故。典出《论语注疏·雍也》："一箪食，一瓢饮，在陋巷，人不堪其忧，回也不改其乐。"

③ 问字：指从师受业或向人请教。

今译

细雨迷蒙中到碧巢寻访高士颜纶的遗踪，他留传下来的书籍还有待子孙抄录。蓬草为门这里只剩下一箪一瓢，还有谁带着酒食菜肴来求学问道？

（张锦华 注译）

爱碧山房

（清）程兼善

茂林溪北水通潮，两岸人家隔板桥。
太史有亭修竹里①，秋来卧听雨潇潇。

作者原注

沈太史步垣所居爱碧山房，在溪北桃源巷，有八景，"溪北茂林""竹窗蕉雨"其二也。

说明

此首写枫泾名士沈步垣爱碧山房两处别有趣味的景致。

注释

① 太史：指爱碧山房主人沈步垣，字在中，号薇轩，晚号退庵。乾隆四十六年（1781）进士，由庶吉士充武英殿纂修。工书，尤长篆、隶，善花卉。

今译

溪北林木繁茂溪水与潮水相通，枫溪两岸的人家隔着板桥相望。沈太史在竹林里筑有小亭一座，秋天可以在亭中卧听潇潇夜雨。

（张锦华 注译）

小云台

（清）程兼善

移家爱傍小云台①，丹桂香清隔院开。

但愿郎如台畔水，早潮去后暮潮回。

作者原注

小云台，即三官殿，在溪北郡庙旁。郡庙花园多桂树。

说明

此首写枫泾小云台风物人情，有代怨妇寄语情郎之意。

注释

① 移家：搬家，迁移住地。

今译

搬家的话喜欢依傍着小云台，丹桂隔着院墙盛开香气清远。只希望郎君就像台畔的流水，须记得随早潮离去随晚潮回来。

（张锦华 注译）

秀绿山庄

（清）程兼善

谁家林翠庵幢幢①，吟舍无多小似艒②。

独有闲居许丁卯③，终朝秀绿满书窗。

作者原注

许广文绮庭先生所居秀绿山庄，住溪东，著有《吟薰阁诗集》。

112

此首写翠林掩映、闲雅静谧的秀绿山庄，见欣羡意。

注释

① 幢幢（chuáng chuáng）：影子晃动的样子。

② 艭（shuāng）：小船。

③ 许丁卯：晚唐诗人许浑（约791—858），成年后移家京口（今江苏镇江）丁卯涧，以丁卯名其诗集，后人因称"许丁卯"。此处指秀绿山庄主人许绮庭。

今译

谁家小草屋的影子在林木苍翠中晃动，诗人住的房舍不多且狭如扁舟。唯有那诗人许先生曾在此闲居，整天都有秀绿的景色映满书窗。

（张锦华　注译）

宜山

（清）程兼善

估舶归来未有期①，寒宵商妇怨轻离②。

新秋抱布金阊去③，又值宜山咏雪时。

作者原注

宜山在溪北，里人沈承点别业，有《宜山观雪》诗。

说明

此首介绍枫泾儒商沈承点别业"宜山楼"，以怨妇口吻道出离多聚少的怅恨，颇耐寻绎。

注释

① 估舶：商船。清吴伟业《送友人之淮安管饷》诗："高牙鼓角

雁飞天，估舶千帆落照悬。"

② 商妇：商人的配偶。

③ 金阊：苏州的雅称。金阊商业繁华，手工业比较发达。明清时期，阊门内外是苏州最繁华的闹市，苏州手工业已有五十多个行业，其中，苏绣、桃花坞木刻年画比较出名。除丝织业、丝经业、织带业大多数在东半城之外，其余行业的店铺作坊多半聚集在金阊范围以内。

今译

商船归来未知确切日期，寒夜里商妇哀怨轻易离别。初秋贩布运往金阊，待到宜山咏雪时方才相见。

（姚金龙 注译）

闲闲山庄

（近代）高燮

十亩闲闲略种桑①，桃花杨柳一行行。
此间合置诗人宅，盈笥多惭著述光②。

作者原注

新宅名闲闲山庄，为余所创建。

说明

此首介绍位于张堰秦山脚下的闲闲山庄，书香气息跃然纸上。

注释

① 闲闲：即闲闲山庄，闲闲山庄之名出自《诗经·魏风·十亩之间》："十亩之间兮，桑者闲兮，行与子还兮。"闲闲的意思，宋代朱熹认为是"往来者自得之貌"。

② 盈笥（sì）：笥为竹或苇编织的方形器具。盈笥意谓盈帙满笥，此处形容著述或书籍很多。

《闲闲山庄图》（黄宾虹绘）

闲闲山庄占地十亩种植些桑树，院里的桃树杨柳一行行很整齐。这里适合我这个诗人安家卜居，图书满箱我惭愧未能领略其中的精髓。

（姚金龙　注译）

古松楼

（清）时光弼

古松楼外绿成阴^①，修竹森森荫茂林^②。
剩有双株银杏树，不知几度雪霜侵。

作者原注

古松楼本杨氏宅，今属钱氏，即明吴太守旧宅也。园有银杏两株，不甚高而极大，相传为海忠介赠吴盆树移植。

说明

此首描绘张堰钱家花园古松楼外的景色以及楼去人空的沧桑感。

注释

① 古松楼：私宅名，在张堰镇。元代隐士吴良用始建，其六世孙吴梁在明代扩建为园。至清代园主为钱世德，俗称钱家花园，钱氏并建古松楼，咸丰年间楼毁于兵燹。新中国成立前此园已荒芜，现为张堰公园。

② 修竹：长竹、高竹。唐杜甫《佳人》诗："天寒翠袖薄，日暮倚修竹。"金曹之谦《感寓》诗："高林夹金井，修竹连清池。"

今译

古松楼外绿树成荫，高竹森森遮蔽着密林。如今剩下两棵银杏树依旧挺拔，不知它经历了几度雪虐霜侵。

（姚金龙　注译）

张堰公园（古松楼原址）

佛寺道观类

宝云寺

（清）顾翰

残碑断碣恐无凭^①，梦里衣冠问老僧^②。
旧业我惭追不到，十年孤负读书灯。

作者原注

亭林宝云寺，即顾野王读书堆遗址。昔开运中寺成，僧梦野王告曰："此我旧宅，可寻水际石碑为据。"明日果得断碑，文云"顾野王修舆地志于此"，僧乃立祠祀焉。

说明

此首介绍金山亭林宝云寺历史与传说。

注释

① 无凭：没有凭据。

② 衣冠：古代士以上戴冠，亦指士以上的服装。此处指隐居亭林的南朝文字学家、史学家顾野王。

今译

残圮的碑碣恐怕不足为凭，顾野王曾出现在宝云寺僧人的梦里。顾氏先人的学问我自愧难以追攀，辜负了十年来的青灯黄卷。

（高文斌 注译）

性觉寺（其一）

（清）陈祁

圆明桥畔古禅堂，性觉题名御墨香^①。
赐额赐联多宝阁^②，至今殿宇绕龙光^③。

宝云寺唐代经幢（黄锋摄）

性觉寺剪影（陈志军摄）

作者原注

性觉寺，旧名圆明庵，在圆明桥堍。圣祖南巡，僧本初迎驾云间，御赐今名，并赐"净域长龄"匾额及联。

说明

此首介绍枫泾名刹性觉寺及康熙帝赐匾历史。

注释

① 性觉题名：见沈蓉城《性觉寺》注①。

② 赐额：指康熙帝御赐"净域长龄"匾额。赐联：指康熙帝御赐"片石孤云窥色相，清池皓月照禅心""水月比心清，得真如谛；松筠经岁久，现长住身"两联。

③ 龙光：皇帝赐予的恩宠和荣光。

今译

性觉言寺坐落在圆明桥畔，皇帝御赐的寺名还散发着墨香。多宝阁上还有皇帝御赐的匾额和对联，整座寺庙都沉浸在皇帝的恩宠和荣光。

（倪春军 注译）

性觉寺（其二）

（清）程兼善

花木圆明寺最深，清池皓月见禅心。
自迎凤舸松江上①，绰楔辉煌直到今②。

作者原注

圆明寺在溪西，康熙乙酉南巡，寺僧本冲迎驾云间，蒙赐性觉寺额，并"片石孤云窥色相，清池皓月照禅心"楹联。

此首写枫泾性觉寺获康熙赐名的辉煌历史。

注释

① 凤舸：雕绘华美的大船。

② 绰楔：古时树于正门两旁，用以表彰孝义的木柱。诗中代指性
觉寺。

今译

圆明寺花木掩映最是繁茂幽深，清池皓月能照见清静寂定心境。
自从本冲和尚到松江迎接圣驾，这里的香火就一直辉煌到今天。

（张锦华 注译）

海慧寺（其一）

（清）陈祁

仙药何年毓世间①，寺门松柏藓痕斑。
游人八月如云集，争看枫溪第一山。

作者原注

海慧寺，唐卢员外创建，八月中有市集，祖传寺后有何首乌已成
人形，寺有额曰"枫溪第一山"。

说明

此首咏枫泾古刹海慧寺及八月市集。《（乾隆）江南通志》："海慧
寺在风泾白牛市，宋建隆初里人姚廷睿舍宅建寺，有水波壁、留春亭、
精进阁，并废。"

注释

① 仙药：神仙所制的不死之药。

125

民国时期之海慧寺

今译

长生不老之药何年在人间出现，海慧寺门前松柏苍苍，苔藓斑驳。到了八月十五这一天，游人纷至沓来，为了观赏这座"枫溪第一山"。

（倪春军　注译）

海慧寺（其二）

（清）程兼善

百尺梧桐院落闲，木鱼声里叩禅关^①。
石梁一道僧归处^②，便是枫溪第一山。

作者原注

枫溪第一山，即海慧寺。山门额赵明府金简书。寺前有大石桥，里人颜俊生建，故名俊生。

说明

此首写枫泾海慧寺风物人情，意颇闲适。

注释

① 禅关：禅门。也比喻悟彻佛教教义必须越过的关口。

② 石梁：石桥。指海慧寺前的大石桥"俊生桥"。

今译

百尺高的梧桐下寺院闲静，木鱼声声中来此叩访禅门。一道石桥过后的僧人归依之处，便是号称枫溪第一山的海慧寺。

（张锦华　注译）

定光庵

（清）沈蓉城

遗迹犹存古定光^①，藤阴满院土围墙。
西楼听雨黄昏候，白昼翻经来仲堂^②。

作者原注

定光，古庵名，西楼、来仲堂俱在庵内。

说明

此首介绍金山枫泾古寺定光庵景况，造境清寂。

注释

① 定光：即定光庵，在枫泾定光塘畔，因名。

② 来仲堂，在定光庵内，清康熙时当地人沈伯廷曾在原址重建。

今译

定光塘边还有定光庵的遗迹，寺院围墙内外满是成荫的藤蔓。登上西楼可听取黄昏的雨声，白天则可以到来仲堂看看经书。

（高文斌 注译）

仁济道院

（清）陈祁

交枝银杏护仙云^①，紫气遥瞻出夜分^②。
天际真人骑鹤去^③，药炉丹灶剩余薰^④。

作者原注

仁济道院，梁天监元年蜀道者张半山创建，有银杏二株，相传枝交则出真人。娄真人近垣焚修其中，后入龙虎山学道，世宗朝屡以求雨有功，敕封诚真妙正真人，给四品顶戴，住持光明殿数十年，寿八十余岁，余到京犹及见之。

说明

此首介绍仁济道院历史及半山、近垣两真人事。

注释

① 交枝：两树枝条相交。

② 夜分：夜半。

③ 真人：指住持诚真妙正真人近垣。

④ 薰：花草的香气。

今译

枝条相交的两株银杏树，守护着仙山云气。夜半时分，远处紫气升腾。天边的真人已经驾鹤远去，炼丹炉中还剩下一缕炼药的余香。

（倪春军 注译）

白莲寺

（清）程兼善

萧寺崔巍大道边^①，山门时有老僧眠。

不知十丈尘飞处，何日重开顷刻莲。

作者原注

白莲寺，今名南寺。宋咸淳中，有神僧德山趺坐于此三日，地上生白莲三茎，众异之，遂捐金建寺，邑人姚绶诗有"北郭空飞十丈尘"句。

说明

此首介绍金山枫泾的古刹白莲寺，从僧人的状态到期待白莲的盛开，寓意着作者期待香火重兴的思想。

注释

① 萧寺：佛寺。唐李肇《唐国史补》卷中："梁武帝造寺，令萧子云飞白大书'萧'字，至今一'萧'字存焉。"后因称佛寺为萧寺。

今译

一座佛寺雄伟地矗立在大路边，寺门口时时有睡着的老和尚。不知道十丈尘土飞扬的地方，什么时候能有白莲再开出来？

（高文斌 注译）

巢林庵

（清）程兼善

巢林精舍本来多[①]，十老当年此啸歌。
薜荔满墙苔满径，更无客至自暹罗[②]。

作者原注

巢林庵在溪西北三里，以巢林道士得道于此，故名。国初有十老人隐居庵户，乾隆时有暹罗国人李衡居此数年。

说明

此首写枫泾巢林庵由盛及衰的情况，发今非昔比之慨。

注释

① 精舍：僧道居住或说法布道的处所。
② 暹（xiān）罗：泰国古称。

今译

巢林庵用以布道的屋舍本来很多，当年曾有十个老年高士在庵中隐居。现在墙上爬满薜荔小径长满青苔，再也没有远客从暹罗国来到这里。

（张锦华 注译）

玉虚观

（清）程兼善

玉虚高观郁嵯峨①，香雨缤纷羽士多②。
柱上双龙浑欲活，当年殿宇几沦河。

作者原注

玉虚观，即真武祠，在溪中，俗呼"圣堂"。其殿柱双龙，相传初建时一夜欲化去，风雨骤作，殿上水深数尺，后为道士破之，遂止。香雨堂，观之南院也。

说明

此首写枫泾玉虚观旧事，带有民间传说之神秘色彩。

注释

① 嵯峨：形容高峻盛多。

② 羽士：道士。

今译

玉虚观中草木茂盛建筑高峻，香雨堂里香客纷来道士众多。殿柱上两条雕龙活灵活现，当年道观殿宇几乎沉没河中。

（张锦华 注译）

紫竹林

（清）程兼善

世界清凉紫竹林①，庵门弥勒旧装金。
漫云铙鼓非禅院②，犹是菩提一片心③。

作者原注

紫竹林在溪北，旧为宝藏禅院，今居比丘尼，俗呼"北圣堂"。

说明

此首写紫竹林禅院虽今非昔比，却仍是清凉世界。

注释

① 世界清凉：指佛界清净。

② 铙鼓：打击乐器。

③ 菩提：梵文 Bodhi 的音译，意思是觉悟、智慧，用以指人忽如睡醒，豁然开悟，突入彻悟途径，顿悟真理，达到超凡脱俗的境界。

今译

紫竹林仍然是一个清凉的世界，佛庵中的弥勒还是原来的金装。别说铙鼓声声不像个清净禅院，总归还是超凡脱俗的菩提之心。

（张锦华 注译）

妙常寺

（清）程兼善

良辰游女丰娇憨，稽首慈云大士庵①。
但共邻姑还宿愿，不随夫婿祝多男②。

作者原注

溪西妙常寺，俗名"西庵"，中塑观音像，祈祷灵验。

说明

此首写枫泾妙常寺风俗人情，游女形象颇鲜明。

注释

① 稽首：叩首。指古代跪拜礼，为九拜中最隆重的一种。跪下并拱手至地，头也至地。稽是"停留，拖延"的意思，稽首就是头触碰在地上并停留片刻。慈云大士：即观音大士。

② 祝：祈祷。

今译

良辰吉日里出游女子丰腴又娇憨，在西庵观音大士面前频频磕头。只是和邻居姑娘一起还个夙愿，并不是跟着丈夫来祈祷多子多福。

（张锦华 注译）

玉钩庵

（清）程兼善

载酒船从越郡来①，玉钩庵里共衔杯②。

怪郎风貌如花淡，才向陶家看菊回。

作者原注

玉钩庵，溪西里名。道光时，溪南有陶家姬，栽菊甚茂，海昌李巽白诗云："自从菊有渊明后，闺阁栽来也姓陶。"

说明

此首写枫泾玉钩庵风物人情，有闲适意。

注释

① 越郡：指浙江。

② 衔杯：口含酒杯，喻指饮酒。唐李白《广陵赠别诗》："系马垂杨下，衔杯大道间。"

今译

装着酒乘着船从浙江过来，在玉钩庵里一起饮酒开怀。难怪你精神面貌恬淡如花，原来是刚从陶家看菊回来。

（张锦华 注译）

湿香庵（其一）

（近代）高燮

在昔庵中富贵花^①，姚黄魏紫足名家^②。
而今贫到阶前草，惨绿些些映竹笆。

作者原注

湿香庵在张堰，昔时牡丹最盛。

说明

此首主要描绘张堰"湿香庵"从兴旺到荒芜的景况，因花而兴，以花而衰，感喟遥深。

注释

① 富贵花：指牡丹花。宋周敦颐《爱莲说》："牡丹，花之富贵者也。""湿香牡丹"远近闻名，遂为张堰八景之一。庵于咸丰十一年毁于兵燹，同治年间里人募建，一直保留下来。现为金山区内保存较好的庙产之一，然而牡丹已不复见。

② 姚黄魏紫：姚黄为千叶黄花牡丹，出于姚氏民家。魏紫为千叶肉红牡丹，出于魏仁溥家，原意指宋代洛阳两种名贵的牡丹，后泛指名贵的牡丹及花卉。

今译

昔日湿香庵中开满了富贵雍容的牡丹花，姚黄魏紫足称名品。而今庵内台阶上只剩下了杂草，惨绿一片映衬着竹篱。

（姚金龙 注译）

湿香庵（其二）

（清）时光弼

湿香禅院奉弥陀^①，供养名花清趣多^②。
待到牡丹开满日^③，不闲人也得闲过。

作者原注

湿香庵多种植花竹盆树，牡丹尤盛，东一室俗呼"牡丹间"，颜曰"得闲"。

说明

此首描述张堰湿香庵花竹繁茂的景象，兼及牡丹开时游人踵至的盛况。

注释

① 湿香禅院：即湿香庵，在今张堰板桥西土山湾，此庵始建何时，无考。清康熙四十三年（1704）由里人孙南如重建，干溪（干巷）曹伟漠题联其柱："天花散处花犹湿，法雨飞时雨亦香"，取此联上下句末一字为庵名。庵中多花竹盆树，牡丹尤甚，遂为里中幽处。弥陀：阿弥陀佛的简称。意译为无量寿佛，西方极乐世界的教化之主。与释迦、药师并称三尊。

② 供养：佛教用语，又称供施、供给，是对佛、法、僧三宝进行心物两方面的供奉而予以资养的行为。清趣：清新脱俗的情趣，犹雅兴。

③ 牡丹开满日：牡丹的花期在春季4—5月，一般在4月中下旬大部分品种陆续开放，单花花期在10—20天左右。

今译

板桥西湿香禅院敬奉着弥陀，栽种培育各种名花雅兴多多。等到四五月份牡丹花盛开之日，再忙的人也会偷暇来庵中赏花拜佛。

（姚金龙 注译）

松隐禅寺

（近代）高燮

至正高僧此结庵，三年刺血写华严^①。
宝花一旦纷天雨^②，七级浮屠起指尖^③。

作者原注

松隐禅寺，当元至正间，僧德然自杭州来此结庵而居，匾曰"松隐"。三年不出，啮指书《华严经》八十一卷，天雨宝花，遂建塔七级奉藏血书。明正统时改额为寺，松隐之名亦由于此。

说明

此首介绍松隐禅寺的修建来历与创寺高僧德然的虔修传说。

注释

① 刺血：刺指沥血。

② 宝花：珍贵的花，亦指佛国或佛寺的花。

③ 七级浮屠：指华严塔，塔共七层，对应七级浮屠。

今译

元代至正年间德然和尚在此结庐为庵，他又刺指沥血三年抄就《华严经》。抄成之日天上纷降宝花，七级宝塔都起于指间所抄经书。

（姚金龙 注译）

华严塔

（近代）高燮

峥嵘乱石绕颓垣^①，一塔华严兀不言^②。
新起数椽存旧迹^③，至今谁问雨花轩？

华严塔

华严塔在松隐禅寺内，建于明洪武年间，久已废坏，不堪修治。近由陈陶遗、蔡恕一等募资建筑塔寺数楹，而塔则仍旧。雨花轩，当时塔寺内轩名。

说明

此首介绍华严塔的兴废及修缮情况。

注释

① 颓垣：残墙废壁。

② 一塔：指华严塔，建于松隐禅寺内，因塔内藏有《华严经》而得名。据建塔碑记载："是塔高一百五十尺，周广三十五尺，方形砖木结构，塔内有梯级以升，飞檐外出，檐牙高啄，扶拦傍翼，梵铃叮当，悠扬悦耳，耐人寻味，起地两层，周以崇阁，上奉千佛，下供释迦多宝二如来像，傍列翊卫诸天神。"

③ 数椽：数间、数楹之意。

今译

高峻的乱石回绕着松隐禅寺的残墙，华严塔默不作声依然屹立。新修禅房数间略见旧时气象，到如今还有谁问起雨花轩呢？

（姚金龙 注译）

澄鉴寺

（近代）高燮

古寺残钟总可怜①，而今泖涨尽成田。
眉公一去书声绝②，惟听寒鸦噪暮烟③。

作者原注

澄鉴寺在泖桥，为陈眉公先生继儒读书处，有大钟尚卧于地。

说明

此首描述泖桥澄鉴寺的陵谷变迁，有不胜今昔之感。

注释

① 古寺：指澄鉴寺。此寺为金山地区最早的佛教寺庙，唐天宝六年（748）僧人乃隆禅师创建，明人董其昌曾书"重修泖桥澄鉴寺碑"，有声于时。

② 眉公：明代文学家、书画家陈继儒（1558—1639），字仲醇，号眉公、麋公，华亭泖桥（今金山区枫泾镇泖桥村）人。

③ 寒鸦：乌鸦。

今译

古寺毁圮大钟犹存荒寂可怜，泖水上涨寺前已成了荡田。陈眉公走后读书声再也不闻，只听得晚烟中乌鸦的乱啼声了。

（姚金龙 注译）

太平禅寺

（近代）高燮

万历年间溯旧闻，我来古寺怅斜熏①。

三槐堂与松风阁，更有山房号碧云。

作者原注

太平禅寺在吕巷东南二里许。

说明

此首介绍古太平禅寺的前世今生。

注释

① 古寺：指太平禅寺。僧昙无竭创建，初名太平兴国禅院，后改

太平禅寺集镇遗址

太平禅寺，毁于元。元至正四年（1344）移建于胥浦北，明万历年间重建，清乾隆十年（1745）里人重修，20世纪60年代初倒圮。斜曛：斜阳、夕阳。

今译

从明万历年间追溯旧闻轶事，我来到古寺正值夕阳西下。除了三槐堂和松风阁，还有那禅院名号碧云山房。

（姚金龙 注译）

慈济院

（近代）高燮

金山绝顶慈济院①，造自元丰释惠安。
千二百年谁可问，至今惟见海漫漫②。

作者原注

慈济院在海中金山顶，见绍熙《云间志》。

说明

此首介绍已不复存在的宋代建造的大金山顶上的佛寺慈济院。

注释

① 慈济院：在海中金山绝顶，宋元丰年间（1078—1084）僧人释惠安创建。金山沦海以后，逐渐坍废。现今此寺庙已无踪迹，其遗址即为今大金山岛山顶导航灯塔所在地。1985年1月，在今灯塔下发现不少残碎青砖，是1984年4月建造灯塔时翻动地基而露出的。其中一块较完整的长25厘米，宽15.5厘米，厚5.5厘米。大于现代常见的砖块。砖脊上刻有阳文"般若波罗密多……"字样，同时发现的还有圆瓦。

② 漫漫：这里指空间广远的样子。

大金山顶上有一座慈济院，乃宋元丰年间释惠安所创建。千百年过去还有谁可供问询？到如今只见海水滔天一片苍茫。

（姚金龙　注译）

觉海庵（其一）

（清）时光弼

陌上风微晓色涵①，烟芜一碧画云蓝②。
乡人市集争清早，钟响初鸣觉海庵③。

作者原注

觉海晨钟为张溪八景之一。

说明

此首描述张堰乡民起早赶集的动人场景，渐及张溪八景之一的"觉海晨钟"，风格幽微。

注释

① 陌上：即田间小路，南北走向称为"阡"，东西走向称为"陌"。晓色：常指拂晓时的天色，即晨曦。

② 烟芜（wú）：云烟迷茫的草地。唐权德舆《奉和李大夫九日龙沙宴会》："烟芜敛暝色，霜菊发寒姿。"

③ 觉海庵：明朝时，张堰镇洞桥港桥东（原属松江县境），有一觉海庵。清顺治元年（1644），庵重建，并置一钟，每日清晨钟声悠扬，镇之八景有"觉海晨钟"之目，即指此。

今译

乡间小路上微风吹拂拂晓天色，烟雾中碧绿草丛如同蓝天云朵。

乡里人争先恐后地赶早去，到觉海庵时第一声钟鸣刚刚响起。

（姚金龙 注译）

觉海庵（其二）

（清）王丕曾

声闻百八韵悠扬^①，觉海晨飞万瓦霜。
何事人争趋庙社^②，梵宫风雨任凄凉^③。

作者原注

第二句，觉海，庵名。

说明

此首以张溪八景之一的"觉海晨钟"起兴，以梵宫佛寺的冷落作结，铸境冷寂。

注释

① 百八：百里或八十里，指很远的地方。

② 庙社：宗庙和社稷。宋文天祥《议纠合两淮复兴》诗："而今庙社存亡绝，只看元戎进退间。"

③ 梵宫：原指梵天的宫殿，后多指佛寺。元耶律楚材《憩解州邵薛村洪福院》诗："天兵南出武阳东，暂解征鞍憩梵宫。"

今译

觉海庵晨钟清脆悠扬传到百八十里，大清早庵中千万片瓦上薄霜飞舞。为何人们大多趋向庙堂社稷，任凭梵宫佛寺在风雨中冷落荒凉。

（姚金龙 注译）

名人墓塚类

干瑶墓、吴镇墓

（清）陈祁

丰碑马鬣没荒烟^①，方伯勋名空自传^②。
不及梅花和尚塔^③，至今短碣尚依然^④。

作者原注

《嘉善县志》载，里有元布政干瑶墓，今不知所在。元处士吴镇，自题其墓曰"梅花和尚之塔"，今尚在梅花里。

说明

此首介绍干瑶墓和吴镇墓之历史及现状，两相对比，颇多感慨。

注释

①马鬣（liè）：坟地。因坟地上所封的土，形状有如马鬃。故称为"马鬣"。

②方伯：殷周时代一方诸侯之长，后泛称地方长官，这里指布政使干瑶。勋名：功名。

③梅花和尚塔：吴镇墓。《（光绪）重修嘉善县志》："吴镇，嘉兴人，元至正甲午年七十五，将没。命置短碣塚上，曰：'梅花和尚之塔。'询之，曰久当有验。元末寇乱，古塚多被发，独镇墓疑为僧塔，舍去。神宗时，邑令吴道昌建庵其侧，董其昌题额曰'梅花庵'。"

④短碣（jié）：指吴镇所置"梅花和尚之塔"碑石。

今译

元代干瑶的墓塚早已被荒草湮没，只留下他布政的美名空自流传。还不如吴镇所建的梅花和尚塔，他墓前的石碑字迹尚可辨识。

（倪春军 注译）

侯端墓

（近代）高燮

斜日寒烟衰草枯，累累古冢遍山隅①。
侯将军墓知何处，翁仲身残碑碣无②。

作者原注

明怀远将军侯端墓在秦山下。

说明

此首介绍明代抗倭名将、金山卫指挥司同知侯端墓，风格苍凉。

注释

① 古冢（zhǒng）：古墓。

② 翁仲：原是秦始皇时的一名大力士，名阮翁仲。相传身长一丈三尺，勇武异于常人，秦始皇令翁仲率兵守临洮，威震匈奴。翁仲死后，秦始皇为其铸铜像，置于咸阳宫司马门外。匈奴人来咸阳，远见该铜像，不敢靠近。于是后人遂称立于宫阙庙堂和陵墓前的铜人或石人为"翁仲"。碑碣：石碑方首者称碑，圆首者称碣。后多不分，以之为碑刻的统称。

今译

斜阳罩着冷雾衰草枯黄，累累古墓遍布山角。怀远将军侯端之墓不知在哪儿？墓边石人残缺碑碣不见踪迹。

（姚金龙 注译）

阁老坟

（近代）高燮

翁仲无言石马残①，双双华表亦成单②。

我来顿觉苍茫感，阁老坟边夕照寒③。

作者原注

大学士王顼龄墓，俗称"阁老坟"，在方二三图。

说明

此首介绍金山名人墓冢阁老坟，铸境荒寒。

注释

① 翁仲：即"石翁仲"，指古代帝王或大臣墓前的石人像。

② 华表：华表是一种中国古代传统建筑形式，即古代宫殿、陵墓等大型建筑物前面做装饰用的巨大石柱。相传华表是部落时代的一种图腾标志，古称桓表，以一种望柱的形式出现，富有深厚的中国传统文化内涵。

③ 阁老坟：即王顼龄墓，遗址位于朱泾镇五龙村。墓主王顼龄（1642—1725），字颛士，号瑁湖，晚号松乔老人，清江南华亭张堰镇人，御史王广心长子。康熙十五年（1676）进士，曾先后担任礼部侍郎、吏部左侍郎、工部尚书、武英殿大学士。雍正元年（1723）进太子太傅。卒后，雍正帝赐谥"文恭"。其墓坐北朝南，占地面积约40亩，由墓冢、石甬道、石旗杆等构成。

今译

石翁仲默不作声石马毁坏残损，原有的成双华表也只剩一个了。我来拜谒顿感阵阵苍凉，阁老坟边夕阳西下一片荒寒。

（姚金龙　注译）

砚子坟

（清）程兼善

白杨惨澹锁愁云，杯酒谁浇砚子坟。

坏土荒凉留小冢^①，高风空自播榆枌^②。

作者原注

砚子文在芙蓉湾东，元张曾士观，工画爱砚，殁后以砚殉葬，故名。

说明

此首写枫泾砚子坟荒凉惨淡景象，有怀古伤逝之意。

注释

① 坏土：即一抔之土，极言占地之狭小。

② 榆枌（fén）：榆树、白榆，喻指故乡。清朱彝尊《送毛检讨奇龄还越二十四韵》："空林忆猿鹤，旧社返榆枌。"

今译

白杨一片衰飒之象天上愁云紧锁，是谁将一杯浊酒浇在了砚子坟头。一抔之土留下小小坟冢实在荒凉，唯有张观的高风亮节还在故里传颂。

（张锦华 注译）

综 合 类

白牛村、光德庵

（清）陈祁

白牛塘畔白牛村，居士当年旧迹存①。

光德庵前荒草暮，扁舟江上读《招魂》②。

作者原注

里本名白牛村，北有白牛塘，宋陈舜俞隐居于此，号白牛居士，后舍其居作庵，名曰"光德"。

说明

此首介绍枫泾隐士陈舜俞与白牛村、光德庵之历史故事。

注释

① 居士：指北宋文学家陈舜俞（？—1076），湖州乌程（今浙江吴兴）人，弃官后居秀州之白牛村（今枫泾），自号白牛居士。光德庵：陈舜俞舍宅而建此庵。明李日华《嘉善光德庵募椟藏贯休手迹十八罗汉像引》："宋陈令举由大科起家，授山阴令，召试官职。会新法行，拂衣归隐。风节文德，照映一时。东坡亦甚推与。……光德庵者，公所舍宅以庐治佛者。"

②《招魂》：屈原在流放途中所作的一首哀祭楚怀王的招魂词。

今译

白牛村坐落在白牛塘畔，还留有白牛居士隐居的遗迹。暮色沉沉，光德庵前，荒草丛生。我独自驾着一叶扁舟，在江上诵读屈原的辞赋《招魂》。

（倪春军 注译）

枫溪、娄坟

（清）程兼善

溪北溪南尽水乡，波光潋滟似钱塘①。
秋来何处多枫叶，遥指娄坟满地霜。

作者原注

枫泾多荷花，有钱塘西湖之胜，见贝助教琼《清江集》。娄坟在白牛荡口，娄近垣祖父墓。按：近垣，初为仁济道院羽士，雍正中，由龙虎山入都授上清宫提点，诏封妙正真人。

说明

此首写枫溪水乡风致，兼及娄坟一带的秋景。

注释

① 潋滟（liàn yàn）：水波荡漾貌。宋司马光《龙女祠更相酬和》诗："荷花折尽不归去，潋滟扁舟不易胜。"

今译

枫溪的北岸南岸到处是水乡，波光荡漾闪烁似西湖钱塘。借问秋天来了哪里的枫叶最多？乡人遥指娄坟满地是清霜。

（张锦华 注译）

越王墓、得泉亭

（清）程兼善

春雨秋风问几经，越王墓下草青青。
玉凫金碗无人拾①，输与溪南井上亭。

154

越王墓在溪南大玉圩，溪南有得泉亭，明里人顾文昺掘井得钱，遂筑亭于其上，名曰"得泉"。

说明

此首介绍枫泾溪南的古迹越王墓、得泉亭。

注释

① 玉凫金碗：凫鸭形的玉雕和金制之碗，亦指殉葬品。唐李贺《夜来乐》诗："五色丝封青玉凫，阿侯此笑千万余。"清黄鸒来《送张四明西之秦》诗："汉寝唐陵久已空，玉鱼金碗知何所？"

今译

经历过多少次春夏秋冬，越王墓下的草依旧萋萋。顾文昺不要玉凫与金碗，他只把这些财宝都用来建了得泉亭。

（高文斌　注译）

杏花庄、常平社仓

（清）陈祁

名园寥落杏花庄①，宝刹才新又渐荒。
义塾社仓何处是②，闻听故老话沧桑。

作者原注

杏花庄，元戴光远别业也。光远曾创义塾，今废。里旧有常平社仓，今裁改为庙。

说明

此首追忆杏花庄、常平社仓两处胜迹，怀旧伤今。

注释

① 寥落：衰败，冷落。

② 义塾：不收学费的私塾，这里指戴光远所建戴氏义塾。元黄溍《戴氏义塾记》云："嘉兴郡城东北六十里，曰白牛镇，居人数百家。为其乡之望者曰旸谷处士戴氏讳某，患镇学之弗立而后生小子无所受教，规创义塾，以私淑乎里人，有志未遂。而没后二十年，其子曰光远，始因其经画之素，度地于镇东若千步，广袤可二十亩而赢。"社仓：古时窖贮粟麦，以备荒年赈灾之用的仓库。

今译

当年的杏花别墅已经萧条冷落，新建的寺庙又渐渐荒凉。往日十分热闹的义塾和社仓，如今已无处寻觅。只能听老人家说起一段段沧桑的往事。

（倪春军 注译）

潜凤坊、仁济观、梵香林

（清）陈祁

凤凰来后集珍禽①，到处花间并好音②。
春雨玉梅仁济观，西风黄菊梵香林③。

作者原注

里有潜凤坊，相传曾有凤凰来集。仁济观，道院名；梵香林，僧寺名。

说明

此首串联介绍枫泾潜凤坊、仁济观、梵香林三处古迹及周边风景。

注释

① 珍禽：珍稀罕见的鸟类。

② 好音：悦耳的声音。

③ 西风：秋风。

今译

凤凰和珍禽先后来此聚集，花间处处是悦耳鸣叫。春雨如酥，仁济观前玉梅绽放；西风烈烈，梵香林内黄菊盛开。

（倪春军 注译）

海慧寺、定光塘

（清）程兼善

朝烟一抹起晴江，遥听疏钟北寺撞。
为爱定光塘水阔，短篷泊遍钓鱼艭①。

作者原注

北寺，即海慧寺，在溪北，旧有八景，见娄邑志。定光塘在其西。

说明

此首写枫泾海慧寺和定光塘江晴水阔的美丽风光，兼寄出尘之想。

注释

① 艭（shuāng）：古书上说的一种小船。

今译

一抹氤氲朝雾从晴江上冉冉升起，远远地听见海慧寺传来的疏朗钟声。因为喜爱定光塘辽阔的悠悠江水，塘上到处停泊着钓鱼的短篷小船。

（张锦华 注译）

桃花坞、清风阁

（清）陈祁

坞里桃花照碧池，平江春暖浴沂时[①]。
猗猗绿竹清风阁[②]，惯有儿童逐水嬉[③]。

作者原注

桃花坞、清风阁，俱地名。

说明

此首介绍枫泾桃花坞、清风阁两处地方，饶有野趣。

注释

① 浴沂（yí）：语出《论语·先进》："浴乎沂，风乎舞雩，咏而归。"指在沂水洗澡。后多用"浴沂"比喻一种怡然处世的高尚情操。

② 猗（yī）猗：盛美的样子。《诗经·卫风·淇奥》："瞻彼淇奥，绿竹猗猗。"

③ 惯有：常有。

今译

桃花坞里的桃花盛开，倒映在碧绿的池塘。春日江水渐暖，正是沐浴时节。清风阁外修竹滴翠，经常有儿童来此戏水玩耍。

（倪春军 注译）

九曲里、石人头、羊肠壶滩

（清）陈祁

九曲里前烟水寒，石人头畔夕阳残。
不愁世路崎岖甚[①]，住惯羊肠壶口滩。

说明

此首接连介绍九曲里、石人头村、羊肠壶滩三个地方。

注释

① 世路：人世的经历。

今译

九曲里前是一片寒冷的雾霭水面，石人头村外的夕阳正要下山。不因为人世间的坎坷而烦闷忧愁，我已经在羊肠壶滩结庐而居。

（倪春军　注译）

芦墟、石铺头

（清）陈祁

白荡芦墟水拍浮①，买花惯趁夜航舟。
黄昏犹宿姑苏驿，一夕风吹石铺头②。

作者原注

里由芦墟白荡至苏州仅仅百余里，顺风一夜可达。石铺头在里西，为夜航船停泊之所。

说明

此首介绍芦墟、石铺头两处地方，介绍枫泾地区的水路交通。

注释

① 白荡：长白荡。芦墟：芦墟塘。两者皆为枫泾地区的河流湖泊。
② 一夕：一夜，指极短的时间。

白荡芦墟的湖水，轻轻拍打着两岸。去苏州买花的小船，习惯在夜里返航。黄昏时还停泊在姑苏驿站，晚风习习，一夜就能返回石铺头。

（倪春军 注译）

荷叶地、北寺桥、南丰桥

（清）程兼善

舆图如叶四围空^①，远浦潮来九派通^②。
只道寻源经北寺，不知合水在南丰。

作者原注

大桥，即广济桥，在溪南。小桥名净土，在大桥东麓，其东数步有石佛，道光季年香火忽盛，为徐主簿广绪禁止。

说明

此首介绍金山枫泾地形、潮汐、桥梁、河流的显著特点。

注释

① 舆图：古意指地图或疆域，此处指枫泾的地图。

② 九派：长江到湖北、江西一带有九条支流，因以"九派"称这一带的长江，后也泛指长江。此处形容枫泾河流交叉之多。

今译

枫泾的地图像一团荷叶而四周空旷，黄浦潮来众流相通。我们只知北寺桥是河的源头，但没想到这些河流又相交于南丰桥。

（高文斌 注译）

今日跻云桥（俗称南丰桥）（金颂军摄）

吉祥庵、九槐坟

（清）程兼善

吉祥钟鼓久无闻，佛火销沉草似云[①]。

只有风筝声断续，年年听遍九槐坟。

作者原注

吉祥庵在溪东，今废。明《顾经历传》："里有九屋，屋植一槐，人称顾九槐。"墓在庵东，春时放风筝者都集于此。

说明

此诗介绍枫泾吉祥庵一带的景致。

注释

① 佛火：供佛的油灯香烛之火。清黄景仁《僧斋夜咏》："经鱼敲落日，佛火引深宵。"

今译

吉祥庵的钟鼓早已听不到了，拜佛的香火沉寂此间的草像乱云一般。只有放风筝的声音还断续响起，年年都在九槐坟旁饱听。

（高文斌 注译）

球场、假山园、虹桥

（清）程兼善

郎住球场妾假山，隔溪潮落听潺潺。

卖花时有瓜皮艇[①]，泊遍虹桥水一湾。

作者原注

球场，溪南地名，元戴光远建塾于此，今废。假山园亦地名，在其南，虹桥在其西北。

说明

此首介绍金山枫泾的球场、假山园、虹桥诸地，遍写多处而浑化无迹。

注释

① 瓜皮艇：即"瓜皮船"，一种简陋小船。清陈份《捉搦歌》："瓜皮艇子长二丈，小姑十撑久不上。"古人诗词中有时亦称"瓜皮"。清金兆燕《八归·题述庵先生三泖渔庄》词："归休去，可容添个，小小瓜皮，同君闲拥楫?"

今译

郎君住在球场我住在假山园，隔着枫溪潮落听着潺潺的水声。常有卖花的瓜皮船驶来，停泊在虹桥的水湾深处。

（高文斌 注译）

碧莲桥、古龙门

（清）程兼善

碧莲桥下饮离樽①，唱到骊歌欲断魂②。
妾梦未醒郎已去，计程早渡古龙门。

作者原注

碧莲桥在溪南，俗呼"南寺桥"。古龙门，即圆通庵，在白牛荡东，结水湄为庵。

此首写枫泾碧莲桥、古龙门人事，代妇抒写闺怨。

注释

① 离樽：亦作"离尊"。饯别的酒杯。

② 骊歌：告别的歌。断魂：意思是从肉体离散，指爱得很深或十分苦恼、哀伤。

今译

碧莲桥下与君同饮离别之酒，一唱起告别的歌就悲伤欲绝。我的梦还没醒来啊你已离去，计算路程大概已过了古龙门。

（张锦华 注译）

太平庄、圆明桥

（清）程兼善

太平庄畔柳纤纤，咫尺河沿半下帘。
但见圆明环似练①，不知何处有龙潜？

作者原注

太平庄在溪西，相传龙舟过此，水下曾有土龙出斗，故龙舟相戒不往。河沿在其东。圆明，桥名。

说明

此首写枫泾太平庄、圆明桥一带旖旎风光，末句似有寄意。

注释

① 但见圆明环似练：指圆明桥。此桥明洪武元年（1368）由王仁本建，位于枫泾南镇河沿廊。排列石桥跨林家塘，东西走向。1985年因石栏损坏，拆除后建成水泥桥。圆明桥历史悠久，枫溪竹枝词一百

首第五十首"风急圆明桥水高,船行努力撼波涛。后艄须看亲操舵,前面未容郎放篙"。

今译

太平庄外杨柳依依纤细又轻盈,近旁河沿人家半数帘子都放下。只见圆明桥下环水像白练一样,不知道哪里有蛟龙暗暗潜伏着。

(张锦华 注译)

通津桥、太平坊

(清) 程兼善

通津桥下落花红,白石登登地几弓①。
最好太平坊里住,拓窗终日对长虹②。

作者原注

通津桥,俗呼"北平桥",在溪北,其东即太平坊。

说明

此首写枫泾通津桥、太平坊风物人情,有闲适意。

注释

① 登登:众多貌。又,象声词,马蹄声或脚步声。

② 长虹:喻通津桥,桥如虹形,故云。

今译

通津桥下落花一片红艳艳,桥下白石磊磊有数弓之长。最好是家住在桥东太平坊,开窗就可以整天对着长虹般的桥影。

(张锦华 注译)

枫泾古桥一瞥

积骨塔

（清）程兼善

扬帆积骨塔前过①，一水盈盈似镜磨。
怪道扁舟来往熟②，红墙野庙岸头多③。

作者原注

积骨塔在白牛荡侧，里人程士文建，今废。

说明

此首写船过枫泾积骨塔所见河岸风光，为即景之作。

注释

① 积骨塔：又名白骨塔、百骨塔。古代地方上有愿意捐钱的士绅，建造用以收集无主尸骨。

② 怪道：怪不得，难怪。

③ 野庙：野外庙宇。

今译

划着船扬着帆从积骨塔前经过，白牛荡水清澈像磨过的镜子。难怪小船来来往往熟门熟路，岸边多的是红墙野庙。

（张锦华 注译）

高阳坊、梵香林

（清）程兼善

高阳里僻捣秋砧①，隔水时搀钟磬音②。
浅渚已无鸥鸟狎③，游船犹访梵香林。

高阳坊在溪东。梵香林，僧庵名，在其南，里人王无欲舍宅为庵。旧有八景，其一曰"狎鸥渚"。

说明

此首写枫泾高阳坊、梵香林今昔变迁，有隔世之慨。

注释

① 捣秋砧（zhēn）：谓秋日捣衣。

② 钟磬：古代礼乐器，或作为佛教法器，也指钟、磬之声。诗中指佛教法器。

③ 浅渚：水中小块陆地。

今译

高阳坊里地处偏僻传来秋天捣衣声，隔着溪水还时时掺和着钟磬之音。浅浅水渚之上已不见鸥鸟的嬉戏，来往的游船还不时去寻访梵香林。

（张锦华　注译）

留溪·洞桥春色

（近代）高燮

园林冷处一沉吟，溪上梅花结伴寻。
不见当时旧春色①，洞桥流水到如今。

作者原注

张堰，一名留溪，"洞桥春色"为留溪八景之一。

说明

此首介绍张堰八景之一"洞桥春色"，遥想当年的梅香逸韵以及繁华景象，略见惆怅。

今日洞桥

① 旧春色：指洞桥春色。洞桥原址在东城隍庙东面，即今东海啤酒厂附近，为镇集市之一。洞桥港旧为湖广船只集结处，东面是一梅园。嘉庆十五年（1810）后，外来游舫时有泊此。古人诗云："画船如栉泊东郊"，即指此。每当冬去春来之际，雪梅盛开，香气袭人，洞桥港里画舫聚泊，粉黛雪梅竞相争艳；陌垄之上，儿童嬉戏，一派春色。时人时光弼曾有"洞桥清浅水渐渐，画舫争看粉黛添"之句盛称之。

今译

梅园清净之处驻足沉吟，遥想昔时游人结伴探梅的盛况。而今已不见当年的花香与繁华，只是洞桥下的碧波一直流淌到今天。

（姚金龙 注译）

古涧寒泉

（近代）高燮

钓滩滩畔市声喧①，欲扣禅关少静缘②。
乱石丛篁无觅处③，谁从古涧访寒泉。

作者原注

古涧寒泉在朱泾钓滩南，元沙门泽公楚兰昔曾筑静室于此。

说明

此首介绍朱泾胜迹古涧寒泉，语意寥落。

注释

① 市声：街市或市场的喧闹声。明唐顺之《答陈澄江佥事村居韵》诗："君往惬幽意，吾留厌市声。"

② 禅关：即禅门。宋梅尧臣《会善寺》诗："琉璃开境界，薜荔启禅关。"静缘：静因之道。意谓心要保持虚静，并能顺应事物之理。

③ 丛篁：丛生的竹子。

今译

钓滩的边上市声鼎沸，想叩访禅门却难于闹中取静。佛心于乱石丛竹中无处寻觅，谁还来寻访这古涧寒泉？

（姚金龙 注译）

秦山、湿香庵

（清）王丕曾

春残结队号游山①，村女郊童各一班。
独有高人耽习静②，湿香佛火伴慈颜③。

作者原注

湿香，庵名。

说明

此首介绍张堰秦望山的春游民俗，旁及湿香庵中隐士的习静天性，一动一静，对比鲜明。

注释

① 春残：指暮春，春季的末尾阶段，即农历三月左右，此时一般雨水较多。游山：张堰地区历来有"三月三，游秦山"的风俗习惯。清人时光弻《张溪竹枝词》（其二）云："野畦春暖日迟迟，秦望山头景物滋。田妇村童都结伴，桃花看到菜花时。"

② 习静：习养静寂的心性，亦指过幽静生活。唐王维《积雨辋川庄作》："山中习静观朝槿，松下清斋折露葵。"

③ 佛火：供佛的油灯香烛之火。

今译

    暮春三月结队去游秦望山，村女村童各自成群。唯有高人深居简出不为所动，湿香庵的佛火与慈祥的神佛与之作伴。

（姚金龙　注译）

作者简介汇录

程兼善（1840—1918）　清金山（今属上海市）枫泾人，字达青。　清光绪年间优贡生，学识广博，尤熟地方掌故，曾分纂《嘉善县志》，总纂《於潜县志》，编纂《续修枫泾小志》。　亦精篆刻，作品收入《中国篆刻大辞典》。　善吟咏，所撰《枫泾棹歌》100 首，广泛描述了枫泾的风土人情、桥梁地名和历史遗迹等。　著有《潜阳樵唱》《怀瓶吟稿》等。

高　燮（1879—1958）　字时若，号吹万，金山张堰人。　南社诗人，与常州钱名山、昆山胡石予合称"江南三名士"。　1903年起，与从侄高旭（天梅）、高增（卓庵）共同创办觉民社，出版爱国思想和革命倾向强烈的《觉民》月刊。　1906 年又与柳亚子、田桐等创办《复报》月刊。　1912 年，与姚石子等成立国学商兑会，出版《国学丛选》，致力于振兴国学，研讨学术。　为人淡泊名利、热心公益事业，曾主持疏浚金山主要河道，修桥铺路，筑堤植树。　著有《吹万楼文集》《吹万楼诗》等。

程　超　清金山（今属上海市）人，字器之，号山村。　乾隆戊子举人。　著有《山村诗稿》。

吴大复　清金山（今属上海市）人，居张堰，字翔云，号竹溪，原名光复。　诸生。　著有《南湖》《南塘》等集。

沈蓉城（1748—1830）　清金山（今属上海市）枫泾人，字书林，清代民间诗人，九品寿官。　少年时能文善赋，称为神童。中秀才后，却屡考举人不中，自此专心行医。　平生乐于行善，曾在乾隆年间捐建文昌阁，嘉庆年间编修家谱。　工诗词，所作《枫溪竹枝词》100 首，描绘了枫泾地理特征、桥梁地名、历史胜迹和四时风情，成为研究枫泾历史文化的瑰宝。

吴履刚 清金山（今属上海市）人，字子柔。同治九年（1870）优贡，光绪年间署苏州府学教授，后为学古堂监院。曾与卢道昌同编《卫乡要略》。

时光弼 清金山（今属上海市）张堰人。著有《右君文稿》《名庵仙史吟草》。

王丕曾 字研农，清金山（今属上海市）张堰人。王鸿绪族曾孙，王孙耀子，王步蟾弟。廪贡生，雅善绘事，著有《留溪杂咏》等。

汪巽东 清道咸间娄县（今属上海松江）人，字子超。能诗文，精星命、岐黄之学。

丁宜福（1818—1875） 清十六保八图（原属南汇，今属上海市奉贤区金汇乡）人，字慈水，一字时水。清同治十一年贡生。善为八股文，尤工诗赋。著作甚丰，有《东亭吟稿》《卧游草》《南紫冈草堂诗钞》《沪渎联吟集》《南汇童谣》《浦南白屋诗草》等，辑有《恭桑录》《遗芳集》等，曾受聘《南汇县志》分纂。

顾　翰 清江苏华亭（今上海松江）人，字孟平。光绪壬午举人，官户部主事，有《宣雅堂集》。

陈金浩 清江苏华亭（今上海松江）人，字锦江。甲申娄县诸生，岁贡生。官宣城县教谕。

黄　霆 清金山（今属上海市）人，字橘洲。束发受业于其舅王耐亭，先学诗，年十八复学填词，逾冠授徒，研究四方音韵有年，著有传奇数种。 著有《松江竹枝词》。

陈　祁（1748—1812）　 清金山（今属上海市）枫泾人，字如京。 清乾隆年间议叙授邰县县丞，升临潼县知县，以军功升至甘肃布政使，赐顶戴花翎，荣耀极至，后因积劳成疾而病故。虽身居高位，仍不忘桑梓，曾捐资办义庄，赈助族人和贫民。善吟诗，著有《商于吟稿》《新丰吟稿》等，其《清风泾竹枝词》100 首，至今被人吟咏珍藏。

倪式璐　清金山（今属上海市）人，字渔村。

图书在版编目（CIP）数据

金山竹枝词. 胜迹篇／上海市金山区图书馆编. —
上海：上海书店出版社,2022.9
ISBN 978－7－5458－2169－7

Ⅰ.①金… Ⅱ.①上… Ⅲ.①竹枝词－作品集－金山
区 Ⅳ.①I222.8

中国版本图书馆 CIP 数据核字（2022）第 110723 号

责任编辑　杨柏伟　刁雅琳　何人越
封面设计　汪　昊

金山竹枝词·胜迹篇
上海市金山区图书馆　编

出　　版　上海书店出版社
　　　　　（201101　上海市闵行区号景路 159 弄 C 座）
发　　行　上海人民出版社发行中心
印　　刷　上海商务联西印刷有限公司
开　　本　890×1240　1/32
印　　张　6
字　　数　120,000
版　　次　2022 年 9 月第 1 版
印　　次　2022 年 9 月第 1 次印刷
ISBN 978-7-5458-2169-7/I·544
定　　价　48.00 元